CHACUN CHERCHE UN PÈRE

Pédopsychiatre, longtemps chef de clinique à l'hôpital Sainte-Marguerite, le Pr Marcel Rufo a été chef de service à l'espace Arthur (service de psychiatrie de l'enfant et de l'adolescent), à l'hôpital de la Timone à Marseille. Actuellement directeur médical de la Maison de Solenn – Maison des adolescents à l'hôpital Cochin, à Paris, il est l'auteur de plusieurs ouvrages, dont *Œdipe toi-même !*, *Tout ce que vous ne devriez jamais savoir sur la sexualité de vos enfants*, *Détache-moi !* et *La Vie en désordre* (Éditions Anne Carrière).

Paru dans Le Livre de Poche :

DÉTACHE-MOI ! SE SÉPARER POUR GRANDIR

FRÈRES ET SŒURS, UNE MALADIE D'AMOUR

ŒDIPE TOI-MÊME !

TOUT CE QUE VOUS NE DEVRIEZ JAMAIS SAVOIR SUR LA SEXUALITÉ DE VOS ENFANTS

LA VIE EN DÉSORDRE

En collaboration avec Martine Choquet :

REGARDS CROISÉS SUR L'ADOLESCENCE

PR MARCEL RUFO

Chacun cherche un père

ÉDITIONS ANNE CARRIÈRE

ISBN : 978-2-253-15669-7 - 1re publication LGF

Pour toi, Michel,
pour ta pudeur et ta « classe » :
bleu de Chine, casquette et patron
de ton charreton.

Pour vous autres, mes pères d'accueil :
Michel Soulé, professeur à Paris-V,
Angelo Campanati, d'Oneglia,
avec sept garages regorgeant
de merveilles,
Arthur Tatossian, maître
de la phénoménologie psychiatrique,
et M. Janot Sbriglio, patron de bar,
patron du Nep.

Avant-propos

« Tu as de drôles de fréquentations ! »

La remarque peut paraître terrible, mais je veux croire qu'elle ne m'a pas touché. Pourtant, à plus de cinquante ans de distance, je l'entends encore. Rentrant de l'école, j'ai aperçu un homme, vêtu d'un marcel et d'un bleu de Chine, la casquette sur la tête. Je n'ai pas traversé, me contentant de lui adresser, de loin, un signe de la main auquel il a répondu. Le copain qui m'accompagnait ce jour-là, fils d'officier de marine, s'est alors exclamé, surpris : « Tu as de drôles de fréquentations !

— C'est mon père », me suis-je contenté de dire.

En commençant ce livre, c'est bien évidemment à lui que je pense. Et les souvenirs reviennent pour tenter de le décrire et, plus encore, de comprendre de quoi était faite notre relation.

Mon père, vendeur de fruits et légumes sur les marchés de Toulon. Petit et frêle, emporté par son charreton, il dévale les rues en pente à toute allure, en sifflant pour que les passants s'écartent de son chemin. Avec mes yeux d'enfant, je le vois qui vole, danse et s'amuse ; héros auréolé de gloire, il domine la ville.

Pourtant, mon père, modeste et humble, ne cherche pas à se faire passer pour ce qu'il n'est pas. Sa vie suit un rythme immuable : lever avant l'aube, marché, déjeuner, sieste. Jamais de vacances, jamais de voyages. Les seules fantaisies qu'il s'autorise, ce sont les parties de manille, tous les après-midi, au bistro avec ses copains, et les matchs de rugby qu'il ne manquerait pour rien au monde. Connaisseur avisé, il m'initie aux joies de ce sport si subtil et me transmet sa passion.

Est-ce parce qu'il n'est même pas allé jusqu'au certificat d'études ? Mon père reste à distance de ma scolarité. Il ne m'aide pas à faire mes devoirs, ne discute jamais un carnet de notes, ne vient à aucune distribution de prix, mais il m'interdit de tirer le charreton à mon tour. Pour le reste, il fait confiance aux enseignants – et sans doute à moi aussi. Il sait que je le dépasserai un jour, le souhaite : il aimerait que je devienne instituteur, mais, le temps venu, il respecte mon choix d'opter pour la médecine et même la psychiatrie. Il ignore en quoi cela peut consister, il ne comprend pas pourquoi je me réjouis d'être reçu interne, il croit qu'être externe représente une promotion par rapport à interne, parce qu'on peut sortir de l'hôpital…

Mon père est un homme discret et plutôt silencieux. Il n'élève jamais la voix et a besoin de peu de mots pour se faire entendre, mais je ne conteste jamais ce qu'il dit. Je lui obéis pour la bonne raison que c'est mon père et que je le respecte.

Peu enclin à s'épancher en confidences, de lui il parle à peine, voire pas du tout. C'est un inconnu familier, dont je ne sais presque rien, si ce n'est qu'il est orphelin, mais je dois attendre d'avoir 9 ou 10 ans pour qu'il évoque enfin la mort de son père, lorsqu'il était âgé de 12 ans, et son désarroi. À cette occasion, il lâche quelques bribes à propos de sa famille et me raconte que son grand-père ne payait pas d'impôts parce qu'il était le seul de son village à savoir écrire. Sans en avoir conscience, il m'inscrit alors dans une histoire familiale où je repère une ascendance plus glorieuse.

Comme il se passe de mots, mon père peut se passer de gestes, mais réussit parfois à sortir de sa réserve. Ainsi, ce jour où, en jouant avec un copain, je me coupe le doigt et dois aller à l'hôpital pour qu'on recouse la plaie. Les téléphones sont rares, je ne peux pas prévenir mes parents et rentre très en retard. Il m'attend à l'arrêt du tramway, l'air fermé, mais, apercevant le pansement, il ne me gronde pas, me demande simplement comment j'ai fait ça. La nuit, il vient s'allonger par terre à côté de mon lit et prend ma main dans la sienne. Ses ronflements m'empêchent de dormir, mais je suis d'autant plus heureux qu'il soit là que je ne suis pas habitué à autant de sollicitude. Entre nous, pas besoin d'effusions démonstratives ; une distance respectueuse suffit à nous reconnaître l'un l'autre, chacun à sa place.

Mon père, une drôle de fréquentation ? Non, un homme humble, presque effacé, dont l'autorité pourtant s'imposait d'elle-même. Sans doute l'ai-je rêvé plus glorieux parfois, plus brillant, mais, n'en déplaise aux fils d'officiers de marine et aux autres, je n'en ai jamais eu honte. Je le prenais comme il était, avec sa modestie, son sens du devoir, son honnêteté, avec aussi ses impasses et ses mystères que je ne cherchais plus à élucider. C'était mon père, un point c'est tout.

Quelques jours après sa mort, la cathédrale de Toulon était pleine pour son enterrement. Il y avait les supporters de rugby, de deux ou trois générations, saluant sa parfaite connaissance du jeu et son soutien sans faille.

Il y avait les courtiers en fruits et légumes, dont certains sont venus me trouver pour me parler de lui, me décrivant un acheteur hors pair, « le meilleur, le plus redoutable ». Mon père, que je croyais simple vendeur-bateleur, était donc un négociateur habile, rompu à l'art du commerce ?

Il y avait aussi l'un de ses amis d'enfance qui me raconta un secret bien gardé. L'instituteur avait un jour donné deux sous à mon père afin qu'il lui rapporte un pain au chocolat. Alors âgé de 7 ou 8 ans, mon père avait aussitôt filé à la boulangerie et, pour la première fois, s'était retrouvé avec une viennoiserie entre les mains. Sa couleur dorée, sa tiédeur, son parfum de gourmandise… la tentation avait été plus forte que tout, irrésistible, mon père l'avait dévoré. De retour à l'école, il avait avoué son forfait au maître, qui lui avait administré une rouste à l'ancienne. Mais il était resté de marbre et, se retournant vers son copain, avait murmuré dans un haussement d'épaules : « Tant pis, c'était si bon. » Mon père, incarnation de l'autorité et de l'honnêteté, avait donc été un enfant chapardeur dans lequel j'aurais pu me reconnaître ?

Enfin, quand l'enterrement a été terminé, je suis allé au café *Turin* où il avait ses habitudes. Le patron venait d'enlever sa chaise parce que, me dit-il, il ne supportait pas l'idée que quelqu'un puisse s'asseoir dessus, à sa place. De tous les âges, de tous les milieux, ils étaient décidément nombreux à respecter et à aimer mon père.

Au terme de cette journée, j'ai éprouvé l'étrange sentiment de découvrir un homme que je ne connaissais pas – ou si peu, si mal. L'image paternelle, que je croyais figée pour l'éternité, a commencé à s'animer, révélant mon père sous un jour nouveau, et d'autres figures sont bientôt venues se superposer à la sienne. Angelo, le mari de la cousine de ma mère, chez qui j'ai passé une grande partie de mon enfance et qui me considère encore comme son fils. Arthur Tatossian, l'un de mes premiers maîtres en psychiatrie. Michel Soulé enfin, qui m'a fait l'honneur d'accorder sa confiance au jeune psychiatre que je fus, qui m'accompagne depuis avec fidélité, qui reste pour moi une référence indiscutable et auquel je suis lié par une relation où l'admiration et le respect n'empêchent pas la connivence. Ces hommes n'ont pas remplacé mon père ; ils sont venus le compléter, en me donnant ce que lui ne pouvait pas me donner, me permettant ainsi de composer avec ce qu'il était.

Alors, oui, mon père a été un père « suffisamment bon[1] ». Parce qu'il était à la fois assez sûr de lui pour s'imposer sans vouloir me plaire à tout prix, assez humble et assez lucide pour ne pas s'imaginer tout-puissant et admettre ses limites, il m'a donné l'accès au monde et autorisé à aller chercher, chez d'autres, ce que je ne trouvais pas chez lui.

Au-delà, une question se pose : connaît-on jamais son père ? Il me semble pour ma part que l'on passe sa vie à le chercher et à le réinventer à travers d'autres dans le seul but de le rendre acceptable. Et lorsque je parle de mon père, je sais bien que je parle de l'homme en bleu de Chine et en marcel, mais aussi de ces autres hommes qui m'ont permis de devenir ce que je suis.

---

1. En référence à la « mère suffisamment bonne » (*good enough mother*) dont parle Winnicott : celle qui se sait imparfaite et accepte ses failles, ce qui permet à l'enfant de sortir de l'illusion de la toute-puissance qu'il lui prête.

Introduction

Le père, un personnage de roman ?

Pour le petit enfant, ses parents représentent une sorte de référence absolue et c'est bien pour cette raison qu'en lui naît le désir de devenir semblable à eux, et plus encore au parent du même sexe. Pourtant, la vie réserve quelques mauvaises surprises, et ces parents merveilleux sont aussi cause d'insatisfaction, l'enfant ne tarde pas à le découvrir. Il éprouve parfois le sentiment de ne pas recevoir de leur part tout l'amour auquel il a droit, notamment quand il doit le partager avec des frères et sœurs. De façon tout à fait consciente, il en vient alors à penser que ces parents imparfaits ne sont pas les siens, qu'il a été adopté, comme cela arrive aux petits héros des histoires qu'on lui raconte.

Un peu plus tard, le fantasme évolue et devient inconscient. Et s'il s'imagine encore adopté, l'enfant s'invente maintenant des parents biologiques dignes de ce nom : essentiellement des princes et des princesses, des rois et des reines, des magnats du pétrole ou des vedettes riches et célèbres. C'est la première étape du roman familial, qui ne s'arrête pas là. Vient en effet le temps où l'enfant, plus au fait des différences entre père et mère en ce qui concerne la sexualité, accepte d'être né de sa mère. Mais il lui prête une vie amoureuse cachée, faite d'aventures avec des hommes magnifiques. Cela lui permet d'éliminer tout lien de parenté avec ses frères et sœurs trop encombrants et, surtout, de continuer à rêver un père plus merveilleux et plus puissant que le sien, toujours un peu en deçà de ses aspirations.

« Le roman familial des névrosés » est un court texte de Freud, écrit en 1909[1]. Il me paraît essentiel parce qu'il montre que, très tôt, l'enfant invente son père. Mais ce père de roman, toujours glorieux, n'est pas un rejet du père de la réalité. En effet, le premier emprunte les traits du second, mais l'enfant les enjolive, les magnifie, pour élever celui-ci à un rang supérieur, en souvenir nostalgique du temps heureux où il a cru qu'il était le plus fort, capable de lui donner tout ce qu'il attendait.

Peu importe que, parvenu à l'âge adulte, nul ne se souvienne de son propre roman familial. Il n'en est pas moins fondateur et, je le crois, pérenne. Car l'image de ce père réinventé ne s'efface jamais tout à fait. On le constate à l'adolescence, par exemple, certains conflits portant davantage sur un imaginaire projeté sur le père que sur le père de la réalité : plus que ce qu'il est, l'adolescent lui reproche de ne pas

1. In *Névroses, psychoses et perversions*, PUF, 1978.

être ce qu'il croyait qu'il était. Mais alors, qui est donc son père ? Il est toujours une question, et si l'adolescent cherche à y répondre, c'est pour mieux se trouver.

Comme l'adolescent, beaucoup se demandent qui est leur père et, au-delà, ce qu'est un père. Pourtant, de lui, on a tout dit, ou presque. Le *pater familias* d'hier, distant et lointain, était trop autoritaire ; le père d'aujourd'hui, plus proche et plus tendre, serait incapable de « faire autorité ». Le père aurait ainsi basculé d'un extrême à l'autre, sans que cela ne change rien à son image : il est encore et toujours celui qui ne trouve pas sa place, ne joue pas le rôle qu'on attend de lui… À la question si souvent posée : « Qu'est-ce qu'un père ? » la réponse semble donc toute trouvée : le père est celui qui se plante, quoi qu'il fasse. Mais il faut s'en réjouir, puisque c'est par ses manques et ses limites qu'il va permettre de se construire.

Plutôt que du père, la psychanalyse parle davantage d'instance paternelle qui se joue dans différents registres : réel, symbolique et imaginaire. Le père réel – biologique, dit-on aujourd'hui – se réduit à ses spermatozoïdes. Le père de la réalité est le papa du quotidien qui partage la vie de l'enfant. Le père imaginaire, celui que chacun rêverait d'avoir et sur lequel il projette ce qu'il attend et espère, et que le père de la réalité ne lui donne pas – c'est le père du roman familial que chacun va chercher à retrouver à travers différentes figures susceptibles de s'en approcher.

Enfin, ou plus exactement surtout, le père symbolique – symbolique presque malgré soi, pourrait-on dire, parce qu'il a hérité de tous les pères des générations antérieures et transmet ce qu'ils lui ont transmis : il est le tiers qui met fin à la relation duelle avec la mère, permet à la vie psychique d'échapper à la confusion, introduisant ainsi la dimension du symbolique et de sa loi : respect de la différence des générations, interdit de l'inceste, du meurtre et du cannibalisme, dont il est le garant. Mais il est aussi le représentant de la loi des hommes qu'il transmet à ses enfants.

Est-il possible de se passer de père ? Certains, confondant les différents registres, ont tenté de le faire croire. Mais, si le papa du quotidien peut paraître accessoire d'un certain point de vue – nous y reviendrons –, le père symbolique, lui, est essentiel, et c'est dans sa défaillance que s'origine le plus souvent la psychose. En revanche, on observe que, dans la névrose, ce père symbolique tient généralement le coup, mais il y a une sorte d'inflation de père imaginaire, en décalage excessif avec le père de la réalité.

Acceptons alors l'idée que nul ne saurait se passer d'une instance paternelle et que l'équilibre de l'enfant dépend avant tout de l'articulation de ces différents pères dans son psychisme. Ils sont parfois réunis dans la seule personne du papa, mais il arrive aussi qu'ils soient incarnés par plusieurs figures, sans que ce soit dommageable pour son devenir.

Personnellement, je pense que le père est toujours une mosaïque d'images mêlant réel et imaginaire.

Mais cette mosaïque n'est jamais complète et chacun passe sa vie à en chercher la pièce manquante, celle qui viendrait parfaire le tableau.

De manière assez remarquable, cette quête est commune aux garçons et aux filles, alors que la relation au père des uns et des autres apparaît sensiblement différente : pour les deux, le père est d'abord un intrus et un rival qui empêche d'avoir sa mère tout à soi, avant de devenir un héros dont ils s'apercevront, à l'adolescence, qu'il n'était que le fruit de leur imagination. Mais, pour pouvoir s'affirmer en tant qu'homme, le garçon devra dépasser son rival, tandis que pour s'affirmer en tant que femme, la fille devra renoncer à le « séduire » – ce qui est une autre façon de le dépasser. Cependant, et c'est ce qui m'intéresse ici, l'un et l'autre n'oublient jamais tout à fait le père-héros de leur enfance, ce père imaginaire qui leur transmet des rêves de gloire et de grandeur, et c'est le regard d'admiration de ce père-là qu'ils recherchent à travers d'autres figures que j'appelle des « suppléments de père » : des hommes qu'ils pourront idéaliser et qui les aideront à consolider leur narcissisme dans une relation librement choisie, reposant sur l'estime, la confiance et l'affection réciproques.

Alors, le lecteur s'étonnera peut-être de ne trouver dans les pages qui suivent que des histoires de père et de fils. Il s'agit pourtant d'un choix délibéré : parce qu'entre eux la rivalité est plus rude, plus âpre, parce que la conquête du père est plus ardue pour un fils que pour une fille, ces histoires m'ont paru plus exemplaires. Mais les filles – et les femmes – se reconnaîtront sans doute dans la majorité d'entre elles puisque la rivalité et le désir de vaincre qu'elle entraîne ne sont pas seulement une affaire d'hommes, de virilité, mais se jouent davantage dans le domaine de la réalisation et du dépassement de soi.

Ajoutons enfin, s'il faut encore justifier ce choix, que si les femmes sont aujourd'hui capables de se projeter dans des images masculines, les hommes, eux, sont beaucoup plus réticents à s'identifier à des femmes – preuve qu'il nous reste quelques progrès à accomplir.

DEVENIR PÈRE

Très tôt, les petites filles savent qu'elles seront maman un jour ou l'autre, leurs jeux en témoignent : elles changent leurs poupées, les habillent, les cajolent, les promènent, les grondent, les bercent… répétant en quelque sorte leur rôle de future mère. Pendant ce temps, les petits garçons sont tout occupés à montrer leur puissance et leur virilité, s'affrontant dans des courses et des combats où ils mettent un point d'honneur à triompher.

Même si ces jeux sexués ne sont que le reflet d'une éducation obéissant encore à des stéréotypes un peu archaïques – que chacun s'efforce de combattre consciemment, mais qu'il perpétue inconsciemment –, ils illustrent une réalité incontournable : la maternité semblerait presque naturelle quand la paternité est toujours de l'ordre de la conquête et de la construction psychique.

Un pari sur l'avenir

C'est un patient un peu particulier que je reçois ce jour-là. À 50 ans, s'il souhaite voir un pédopsychiatre, ce n'est pas pour son fils, déclare-t-il d'emblée, mais pour lui-même. Dans un premier temps, je m'amuse un peu de cette rencontre, cherche à trouver les motifs de sa venue. A-t-il des problèmes avec ses parents dont il souhaite me parler ?

Non, ses raisons sont tout autres. Cet homme est stérile, mais il vit avec une femme de 30 ans qui veut absolument un enfant alors que lui ne le souhaite pas. Il refuse d'envisager une insémination artificielle avec donneur (IAD) ou une adoption. Puisqu'il ne peut pas physiologiquement devenir père, il ne le sera pas.

Quand je l'interroge sur ses relations avec son propre père, il dit qu'elles sont excellentes, même si, petit, il ne l'a pas beaucoup vu car il était médecin de campagne, sans cesse au chevet de ses patients. Ils partageaient cependant quelques moments de loisirs, chassant ensemble les papillons qu'ils collectionnaient, et c'est son père qui lui a transmis son amour de la littérature. Il évoque aussi son grand-père paternel, ancien employé des chemins de fer, qui à sa retraite s'était consacré à sa passion du jardinage et y initiait son petit-fils.

Je m'étonne : n'a-t-il pas envie de transmettre tout ce qu'il a reçu à un enfant ? Ma question semble le surprendre : « Non, c'est mon histoire. De toute façon, ce n'est pas une question d'envie, c'est la vie qui a décidé… »

Et que fera-t-il si sa compagne décide d'adopter malgré tout ? « Je la quitterai, répond-il sans hésitation. Si elle ne peut pas m'accepter comme je suis, avec mon impossibilité d'avoir un enfant, eh bien, tant pis ! »

À quelques jours de là, je reçois Philippe. Il a eu un cancer dans son enfance et, comme cela arrive, les traitements l'ont rendu stérile. Il a survécu, mais ne peut plus transmettre la vie. Avec sa femme, ils ont déjà eu recours à une première insémination artificielle avec donneur et sont aujourd'hui parents d'une petite fille de 18 mois. Il vient me consulter alors que sa femme est enceinte une seconde fois, à la suite d'une nouvelle IAD. Il se demande ce qu'il doit dire à ses enfants de leur conception. Philippe raconte qu'avec son père, « peu affectueux mais juste », les relations ont été longtemps difficiles et conflictuelles. Il se reproche à présent de s'être bêtement braqué contre lui. Son père est mort il y a un peu plus de dix ans, et Philippe regrette le temps perdu, rêvant d'une relation apaisée qui lui aurait enfin permis de rencontrer ce père qu'il estime n'avoir jamais connu.

Chacun à sa manière, ces deux hommes nous interrogent sur le désir de paternité : pourquoi un tel refus chez le premier ? Pourquoi une telle fureur chez le second ? Qu'est-ce qui, dans leur histoire singulière, peut expliquer leurs positions respectives – l'une et l'autre étant par ailleurs respectables, à condition de pouvoir admettre que le désir d'enfant n'est ni naturel ni obligatoire, ce qui peut paraître bizarre aujourd'hui, dans une société qui a fait de l'enfant un signe extérieur de réussite et de réalisation. La paternité relève avant tout d'un choix personnel, choix qui se pose avec plus d'intensité encore en cas de stérilité.

Pourquoi fait-on des enfants, si ce n'est pour qu'ils nous prolongent et nous survivent, nous offrant ainsi une petite part d'immortalité ?

Autrefois, les hommes souhaitaient prioritairement avoir un garçon, seul susceptible de transmettre et perpétuer leur nom. Ils l'élevaient dans l'idée qu'il prendrait un jour leur succession à la tête de leur exploitation ou de leur entreprise et ferait fructifier les biens qu'ils lui légueraient. À présent que les mères peuvent elles aussi transmettre leur nom et les filles prétendre reprendre les affaires paternelles, les futurs pères ont des préférences beaucoup moins marquées. Peut-être même, si cela était possible, choisiraient-ils plus volontiers d'avoir une fille, comme si la différence des sexes les protégeait de projections trop envahissantes, garantissait une meilleure distance et un plus grand respect de l'enfant tel qu'il est, et plus encore leur évitait d'être confrontés à eux-mêmes, à leurs doutes et à leurs fragilités. Il me semble en tout cas, et la clinique ne cesse de conforter ce propos qui pourrait paraître un peu arbitraire, qu'il est toujours plus facile – disons plutôt moins compliqué, ce serait plus juste ! – d'être parent d'un enfant de l'autre sexe.

Si, on l'a dit en introduction, le jeune garçon donne l'impression d'ignorer qu'il sera père un jour (du moins, il ne l'exprime pas par ses jeux), rappelons tout de même que sa sexualité infantile est marquée par le désir de pénétrer et de féconder. Durant la période du complexe d'Œdipe, tous ont en effet éprouvé le désir de « donner » un enfant à leur mère, comme leur père l'avait fait avant eux. La grossesse de leur femme viendrait alors réaliser partiellement ce souhait, refoulé, mais qui a laissé des traces dans l'inconscient.

Au-delà, le désir de paternité peut être entendu comme un désir de montrer sa puissance virile et fécondante, de prouver en quelque sorte qu'on est bien un homme. Dans ce cas, les hommes stériles n'auraient d'autre choix que de se reconnaître comme des hommes incomplets ou de recourir à des méthodes de procréation médicalement assistée qui leur offriraient une illusion de puissance. Les choses sont évidemment moins simples, comme le montrent les deux histoires que je viens de raconter. Le premier accepte sa stérilité sans pour autant se sentir impuissant ; le second veut des enfants parce qu'il a compris que la paternité ne se résume pas à la transmission d'un patrimoine génétique. Être père, c'est transmettre, mais des choses autrement plus essentielles que des gènes : une histoire, des valeurs, des rêves, des façons d'être au monde, des possibilités de devenir… Être père est toujours un pari sur l'avenir.

Les petits pères... et les autres

Sandrine, 15 ans, est amoureuse de Kevin, 16 ans. Ils se sont rencontrés dans le lycée technique où ils poursuivent leurs études. Elle est une élève sans histoire, il se distingue par son comportement volontiers provocateur, sa difficulté d'accepter les règles et l'agressivité qui semble chez lui une seconde nature. Enceinte une première fois, Sandrine a décidé de recourir à une interruption volontaire de grossesse (IVG), à laquelle Kevin s'est résolu à contrecœur. À peine un an plus tard, de nouveau enceinte, elle subit une seconde IVG, sans même demander l'avis de Kevin ; elle ne lui parlera de l'intervention que quelques jours plus tard. Cette fois, le garçon sort de ses gonds, perd tout contrôle de lui-même et frappe la jeune fille avec rage. Quand on le questionne sur sa conduite, il se contente de dire : « Elle n'a pas le droit de tuer l'enfant que je veux avoir. »

Si on tente de lui expliquer que les IVG de Sandrine ne signifient pas qu'elle ne veut pas un enfant de lui, mais qu'elle juge, sans doute à raison, qu'ils n'ont ni les capacités ni les moyens d'élever un enfant à leur âge, il ne veut rien entendre. « C'est maintenant que je veux être père », répète-t-il d'un air buté.

On dénombre chaque année en France quelque 10 000 grossesses adolescentes. 60 % d'entre elles donnent lieu à une interruption volontaire de grossesse, 4 000 vont jusqu'à leur terme. Dans tous les cas, les psychologues se préoccupent essentiellement des jeunes mères, les pères étant le plus souvent négligés, quand ce n'est pas totalement oubliés. En conclure que les garçons, jeunes et moins jeunes, seraient assez lâches pour ne pas se soucier un seul instant des conséquences de leurs relations sexuelles et laisser leur amie s'en dépêtrer serait aller un peu vite en besogne. Au contraire, ces jeunes pères m'intéressent tout particulièrement et il me paraît indispensable de les prendre en considération et de les soutenir dans une expérience qui peut être traumatique, comme c'est le cas pour Kevin.

Malgré son jeune âge, il traîne derrière lui une histoire tragique. Il avait à peine 10 ans quand il a perdu sa mère et son petit frère de 6 ans dans des circonstances atroces : tous deux ont été tués par le père, un homme violent qui a été pris ce jour-là d'un accès de folie, et Kevin ne doit qu'au hasard d'avoir échappé au massacre.

Bien entendu, son père a été incarcéré, mais Kevin est allé le voir en prison de temps à autre, sans cesser de lui répéter qu'il ne lui pardonnerait jamais et que, dès sa sortie, il le tuerait de ses mains. Le père lui a en quelque sorte évité ce passage à l'acte en se pendant dans sa cellule, mais, on s'en doute, Kevin est écrasé par la culpabilité : il se sent encore coupable d'avoir survécu, coupable du suicide de son père qui se serait pendu à cause de lui et de l'agressivité dont il faisait preuve.

Le garçon se rend-il compte qu'il reproduit avec Sandrine le comportement de son père ? Non, ce qu'il voit, c'est qu'on tue son enfant, comme en son temps son père a tué sa mère et son frère, ce qui fait de lui un père meurtrier malgré lui, alors qu'il veut échapper à cette fatalité. Sandrine lui interdit d'être père, quand c'est ce qu'il souhaite par-dessus tout. Il veut l'être ; on pourrait même dire qu'il doit l'être, le désir étant davantage ici de l'ordre du besoin presque vital, une question de survie. Kevin veut se substituer au père qu'il n'a pas eu, en tentant de coller en tout point à l'image du père digne de ce nom qu'il s'est forgée. En étant père, il imagine pouvoir effacer le sien et le réparer tout à la fois, offrant pour ainsi dire à ce criminel une seconde chance. Pour lui, la paternité sera le moyen de vivre ce qui ne lui a pas été donné, de s'approcher au plus près d'une idéalisation dont il a été privé. Comme son père était violent et brutal, il s'appliquera à être présent, tendre, attentif, doux, incapable de faire le moindre mal à ceux qu'il prétend aimer. Et pourtant, il commence par frapper Sandrine, parce qu'elle l'empêche de rendre son rêve réel. S'il ne devient pas père, il a le sentiment qu'il ne peut pas exister. Le trauma de l'enfance est encore si vivace qu'il vient court-circuiter la pensée et entraîne le passage à l'acte.

Terrible histoire que celle de ce garçon qui court après l'impossible, dans l'espoir de rattraper son enfance saccagée. Quel père aurait-il été ? Nul ne peut en préjuger, mais il faut convenir que son désir d'enfant a quelque chose de pathologique. En effet, envisager la paternité suppose de s'être réconcilié avec l'image de son propre père et de ce qu'il représente. Dans le cas contraire, le désir d'enfant se confond avec un désir de réparation, de changement et de démarcation, l'homme ne se situant qu'en réaction à ce qu'a été son père, tous ses actes se mesurant à l'aune de ceux de son géniteur et toujours en en prenant le contre-pied.

Pour devenir père – et avoir quelques chances d'être un père acceptable –, mieux vaut avoir tué le sien symboliquement et l'avoir « digéré », c'est-à-dire l'accepter tel qu'il est, très loin de l'idéalisation de l'enfance et de ses rêves de père parfait qui perdurent à travers le temps ; le reconnaître et se reconnaître soi-même comme le maillon d'une chaîne de transmission qui lie les pères et les fils depuis les débuts de l'humanité ; pouvoir se dire : « C'est parce que cet homme, quels que soient ses défauts, ses erreurs, ses manques, a été un père pour moi que je peux être père à mon tour. »

Faut-il atteindre un certain âge pour parvenir à cette réconciliation ? À notre époque en tout cas, les hommes ont tendance à retarder le moment de devenir père, comme s'ils étaient conscients que cela exige une longue maturation psychique. Dans une attitude que l'on pourrait qualifier de sage et de réfléchie, ils attendent d'avoir vécu plusieurs expériences amoureuses, de s'être réalisés dans leurs études et leur métier avant d'entamer une carrière de père qu'ils investissent avec d'autant plus de lucidité et d'enthousiasme qu'elle relève d'un choix.

Kevin paraît bien trop jeune et, surtout, son désir obéit à de « mauvaises » raisons. À l'opposé, on ne peut que s'interroger sur la fureur de certains hommes de procréer bien au-delà d'un âge que l'on pourrait qualifier de raisonnable. Si chacun fait des enfants pour qu'ils lui survivent, ce désir d'immortalité qui ne dit pas son nom est encore plus perceptible chez les « vieux » pères, qui ont des enfants comme pour mieux montrer que l'âge n'a pas de prise sur leur puissance virile.

Comme toujours, les situations sont à chaque fois singulières : parmi les « vieux » pères, certains ne l'ont jamais été et saisissent leur dernière chance ; d'autres le sont déjà et se plient au désir d'une compagne plus jeune et/ou souhaitent s'offrir une seconde chance d'être un meilleur père qu'ils ne l'ont été avec leurs aînés. Bien souvent d'ailleurs, les uns et les autres se révéleront être des pères très présents, très attentifs, très disponibles, ne ménageant pas leurs efforts pour se montrer à la hauteur de la tâche et (se) prouver au passage qu'ils ne sont pas aussi âgés que l'indique leur état civil. Néanmoins, la réalité se charge de les rappeler à l'ordre. Dès la maternelle, les copains ne sont avares ni de remarques ni de questions ; pour eux, ce père est davantage identifié comme un grand-père, et quand ils parlent des métiers respectifs de leurs pères, l'enfant réalise parfois à cette occasion que, contrairement aux autres, le sien ne travaille pas, parce qu'il est à la retraite – ce qui est très différent d'être chômeur. Et s'il perçoit son père comme un homme fort qu'il admire et auquel il a envie de ressembler, il voit bien qu'il est marqué par l'âge, ne fait pas les mêmes choses que le père de ses copains : il court un peu moins vite, s'essouffle davantage, se fatigue…

Si elle n'empêche nullement d'être un père acceptable, la paternité tardive n'est pourtant pas sans conséquences sur la relation père-enfant. Alors que les parents paraissent immortels aux yeux de leurs enfants, du moins pendant les premières années, ceux qui ont un père âgé ressentent très vite qu'il risque de mourir plus tôt que les autres. Sur cette relation, la mort plane mais, bien entendu, tout reste dans le non-dit : parce que le père a fait l'enfant en partie pour la nier et parce qu'il ne veut pas l'inquiéter en évoquant sa possible disparition. Mais l'enfant pressent qu'il ne pourra peut-être pas toujours compter sur lui, ce qui induit une insécurité. Si nul ne sait jamais ce que la vie réserve, l'on conviendra que c'est tout de même un drôle de pari que de choisir de donner la vie à un enfant en se demandant si on aura le temps de le voir grandir. L'enfant qui naît a beau donner l'impression d'une nouvelle jeunesse, il ne s'agit que d'une illusion, toujours éphémère.

La grossesse au masculin

Eliot, 8 ans, est un garçon très inhibé, replié sur lui-même, qui semble incapable d'agir. Ses relations avec sa mère sont excellentes, mais il est en conflit avec son père. Depuis qu'il est petit, il donne l'impression de faire tout ce qui est en son pouvoir pour ne surtout pas lui ressembler, se différencier de lui et le provoquer. Cette volonté affichée de mise à distance et de rejet s'illustre de façon beaucoup moins anecdotique qu'il n'y paraît dans le fait qu'Eliot, marseillais comme son père, s'offre le luxe d'être un supporter impénitent de l'Olympique lyonnais, alors que son père, en bon Marseillais qui se respecte, ne jure que par l'OM.

Comment expliquer l'attitude d'Eliot, encore trop jeune pour éprouver le besoin adolescent d'attaquer son père afin de mieux s'en détacher ? En remontant dans l'histoire, je m'aperçois que le premier conflit père/fils ne date pas d'hier puisqu'il remonte en réalité à la vie intra-utérine. En effet, la seconde échographie avait permis de détecter que le bébé naîtrait avec une fente labio-palatine, communément appelée bec-de-lièvre. Ne pouvant supporter l'idée que son fils vienne au monde avec un handicap, fût-il esthétique, le père avait été partisan de réclamer une interruption médicale de grossesse (IMG), et il avait fallu toute la force de conviction de sa femme pour qu'il se range à sa décision. Néanmoins, il reconnaît que toute la fin de la grossesse a été gâchée par cette perspective ; il imaginait le pire pour son fils, le voyait souffrant, complexé, raillé par les autres, rejeté par les femmes, obligé de porter une moustache toute sa vie pour cacher sa malformation…

Se peut-il qu'Eliot garde le souvenir de cette agressivité paternelle à son encontre et la fasse payer à son père, le rejetant comme celui-ci l'a rejeté avant même de le voir et de le tenir dans ses bras ?

Longtemps, la grossesse a été une « affaire de femmes ». La mère entourait sa fille pendant les neuf mois et assistait à son accouchement, parfois avec d'autres parentes, chacune pouvant transmettre son expérience de la maternité. Aujourd'hui, les familles sont plus éparpillées, la future grand-mère est parfois loin ou travaille encore, les fratries sont moins nombreuses… et la jeune mère se retrouve plus isolée. En outre, et il faut s'en réjouir car cela a permis une diminution extrême de la mortalité maternelle et infantile, la grossesse a été très médicalisée – trop, diront certains, mais c'est là un autre débat. Si cette prise en charge médicale rassure, elle contribue aussi à isoler les femmes sur le plan affectif. C'est donc tout naturellement qu'elles se sont tournées vers les hommes pour qu'ils les soutiennent dans cette période si particulière de leur vie. De leur côté, ceux-ci, moins inquiets quant au sort de leur compagne, se focalisent davantage sur le bébé à venir, et c'est sur lui qu'ils reportent les préoccupations autrefois centrées sur leur épouse.

C'est un truisme de dire que le père ne vit pas la grossesse physiquement. Pourtant, il arrive que certains développent des symptômes : prise de poids, maux de tête, nausées, douleurs abdominales… désignés sous le nom de « couvade », en référence à une coutume traditionnelle bourguignonne : aux alentours de la naissance, l'homme se couchait, se plaignait de douleurs et se voyait ainsi accorder les soins et l'attention normalement réservés aux parturientes. Ce phénomène de la couvade a par ailleurs été observé dans des rituels culturels de différents pays. Des spécialistes y voient l'expression d'une jalousie de l'homme envers la femme, d'autres pensent qu'il s'agit d'une tentative pour abolir la différence des sexes, d'autres encore, refusant le purement psychosomatique, observent chez le futur père une baisse du niveau de prolactine, de cortisol, d'œstrogènes et de progestérone dès la fin du premier trimestre de la grossesse… Tous s'accordent pour en conclure qu'il s'agit avant tout du signe d'une grande implication masculine dans le processus de la grossesse et d'un phénomène psychique d'identification féminine.

Nul besoin de couvade pour prouver son implication. Le père est désormais présent dès la conception et, durant neuf mois, plutôt que de se contenter d'être un spectateur passif, il va s'efforcer de jouer un rôle actif.

C'est généralement dès l'annonce de la grossesse – le fameux : « Tu vas être papa ! » – qu'un homme commence à se sentir père. Si le bébé est bien le fruit d'un désir à deux, il ressent de la joie et de la fierté, mais aussi de l'inquiétude, quand ce n'est pas de l'angoisse, puisqu'il se demande s'il sera à la hauteur de cette tâche. À cela s'ajoute un doute : est-ce possible ? Est-ce bien mon enfant ? Le devenir père va toujours se construire peu à peu, au fil des mois. Étape importante de cette construction, la première échographie qui vient donner corps à ce qui n'existait encore que dans l'imaginaire ; le fantasme s'incarne. À la seconde, certains cherchent déjà des ressemblances entre leur enfant et eux-mêmes – et parfois les trouvent ! Le futur père participe aux séances d'haptonomie, apprend à communiquer avec le bébé *in utero*, entre en contact avec lui en posant les mains sur le ventre de la mère, lui parle et lui chante des chansons, ce qui permettra à l'enfant de reconnaître sa voix dès la naissance. Enfin, au moment de l'accouchement, il n'est plus réduit à faire nerveusement les cent pas dans les couloirs de la maternité, mais il est présent dans la salle de travail pour soutenir sa femme et accueillir l'enfant. Bien souvent, c'est à lui qu'il revient de couper le cordon ombilical : il pose alors son premier acte symbolique de père, ce tiers séparateur dont le rôle essentiel consiste à « défusionner » la mère et l'enfant, pour permettre à celui-ci de se différencier et d'accéder au monde.

On sait que l'homme enceint est un fantasme ; les bébés pourront peut-être un jour prochain se développer dans des utérus artificiels, mais pas dans le ventre de l'homme qui n'est pas physiologiquement équipé pour cela. Pourtant, on peut affirmer que l'homme est enceint psychiquement.

Dès l'annonce de sa paternité, comme la mère, il imagine un enfant idéal qui viendra flatter son narcissisme, sur lequel il projette toutes les qualités et qui sera chargé de pallier tous ses manques, de réparer toutes ses erreurs, d'accomplir ce qu'il n'a pas fait, de prouver sa puissance. Un enfant parfait, cela va de soi.

Certains auteurs, comme Monique Bydlowski, ont montré que la grossesse correspondait chez la femme à un état de « transparence psychique » : l'inconscient est en quelque sorte mis à nu et permet l'expression de rêves et de désirs profondément enfouis. Même si c'est à un degré moindre, cette régression existe aussi chez l'homme qui est renvoyé à son fantasme œdipien de donner un enfant à sa propre mère, et se sent dans une position de force et de fragilité à la fois. À la naissance, qui représente la véritable accession à la paternité dans son aspect réel et symbolique, certains souffrent d'ailleurs de décompensation, dépressive ou névrotique, se sentant soudain incapables d'assumer la tâche qui est la leur. Ils risquent alors d'avoir du mal à s'investir autant qu'ils le souhaitaient, du moins les premiers temps, et ont besoin d'être écoutés dans leur désarroi et leurs doutes – ce qui se fait de plus en plus, notamment à travers les groupes de pères dans les maternités.

À la naissance, et parfois même avant, comme c'est le cas dans l'histoire d'Eliot, le père va devoir faire le deuil de l'enfant idéal et imaginaire, pour pouvoir reconnaître et aimer l'enfant réel, tel qu'il est et non tel que lui-même aurait souhaité qu'il soit. Le bébé porteur d'une malformation, d'une maladie ou d'un handicap représente toujours une blessure narcissique que certains réussissent à panser mieux que d'autres. Même si le père d'Eliot s'est toujours montré aimant envers son fils, nul doute que demeure en lui une trace psychique encombrante : il a eu envers cet enfant un vœu de mort actif, qui engendre forcément une grande culpabilité et de l'ambivalence. La culpabilité est ici nourrie par l'attitude d'Eliot qui éprouve le besoin de se démarquer de son père comme s'il avait perçu ses pulsions mortifères et s'efforçait d'y échapper en le tenant à distance.

Voilà qui montre à ceux qui en douteraient encore que les liens père-enfant commencent à se tisser *in utero*. Et qu'une large part de la transmission se fait toujours à notre insu, malgré nous, d'inconscient à inconscient.

Le père n'existe pas tout seul

Si l'homme a parfois tendance à se croire tout-puissant, l'aventure de la paternité vient le ramener à plus de raison. Car, seul, il ne peut rien. C'est sa compagne qui lui annonce : « Tu vas être papa. » Elle qui porte le bébé et le met au monde. Elle encore qui le désigne à l'enfant comme père. Elle qui, par son attitude et dans son discours, lui accordera (ou non) la place qui est la sienne. Autrement dit, il est presque entièrement dépendant d'elle. Première fragilité de la condition paternelle.

Abus de pouvoir maternel

Mathias est un garçon de 13 ans qui consulte parce qu'il fait des rêves pour le moins étranges. « Toutes les nuits, je rêve que je la tue », dit-il, avouant ainsi des fantasmes de matricide puisque « elle » n'est autre que sa mère. Enseignante d'un abord sympathique, celle-ci s'est longtemps contentée de s'occuper de ses élèves, jusqu'à ce que la fameuse horloge biologique la rappelle à l'ordre. Aux abords de la quarantaine, elle a donc décidé d'avoir un enfant et, comme elle n'avait alors aucun homme dans sa vie, elle a jeté son dévolu sur son voisin, célibataire quadragénaire lui aussi, dont elle dit : « Il était sympathique, sportif, en bonne santé », un peu à la manière dont un éleveur pourrait choisir un animal pour assurer un bon cheptel.

Dès qu'elle a su qu'elle était enceinte, elle s'est empressée d'aller reconnaître l'enfant, sans en parler au père, et lorsque celui-ci s'est aperçu de sa grossesse, elle a prétendu qu'il n'avait rien à voir dans cette histoire et l'a tenu à distance. Il a eu beau insister, elle n'a rien voulu savoir et la naissance de l'enfant n'a rien changé à son attitude. Elle a élevé Mathias seule, à ce détail près que le père était toujours leur voisin et sonnait régulièrement à la porte pour voir son enfant, mais elle répondait invariablement que ni elle ni son fils n'avaient besoin de lui. Il réussissait parfois à apercevoir Mathias entre deux portes, tentait de le retenir, l'invitait à venir chez lui, mais son fils l'ignorait, disant qu'il ne voulait pas de lui comme père.

Alors, oui, décidément, pour exister, le père a besoin de la mère. Si elle ne le désigne pas comme tel à son enfant, celui-ci ne peut pas le reconnaître pleinement, accepter son autorité et tisser des liens avec lui.

Mais le plus extraordinaire dans cette histoire, c'est que le père ne doute pas un seul instant. Il sait qu'il est le père. Or, la paternité porte toujours le doute en elle. « Vénérez la maternité, le père n'est jamais qu'un hasard ! » proclamait Nietzsche en son temps. Mais, bien avant lui, le droit romain l'affirmait déjà : *« Mater certissima, pater semper incertus est. »* Et Freud l'exprime en d'autres termes : « La maternité est attestée par le témoignage des sens, tandis que la paternité est une conjecture, elle est édifiée sur une déduction et sur un postulat. » Ou encore : « L'astronome sait à peu près avec la même certitude si la Lune est habitée et qui est son père, mais il sait avec une tout autre certitude qui est sa mère. »

Les uns et les autres disent, chacun à sa manière, une même vérité : la mère sait toujours et de façon indiscutable qu'elle est mère ; le père éprouve toujours un doute, même s'il ne l'avoue pas, même s'il n'en a pas conscience. Rien ne peut prouver la paternité – en tout cas rien ne le pouvait du temps du droit romain, de Nietzsche et de Freud… excepté, aujourd'hui, les tests ADN. Il faut ici faire remarquer que leur utilisation est très réglementée en France, autorisée dans des situations bien précises, alors que, dans certains pays comme l'Allemagne, ils sont en libre accès pour les particuliers. Là-bas, les tests se multiplient et des chiffres non vérifiés indiquent que 10 à 25 % d'entre eux sont négatifs, le père officiel de l'enfant n'étant pas le géniteur. Même si ces chiffres sont quelque peu exagérés, force est de reconnaître qu'ils ne sont pas de nature à apaiser le doute fondamental qui est le lot de tout père.

Mon propos n'est pas d'insinuer que toutes les femmes seraient infidèles, loin de là. Mais il arrive que certaines, comme la mère de Mathias, cherchent avant tout un géniteur, considérant qu'elles et leur enfant peuvent se passer de père. Celui-ci se réduit alors à des spermatozoïdes (le père réel, selon Lacan), à moins que la mère ne se mette en couple avec un autre homme que l'enfant va pouvoir intégrer comme père. Cela n'a pas été le cas pour Mathias, qui a vécu dans une fusion délétère avec sa mère, dont il a partagé le lit jusqu'à son adolescence et qui ne réussissait à s'en détacher que fantasmatiquement, à travers ses rêves de matricide.

Myriam est inculpée de complicité dans un trafic de drogue. Son compagnon est condamné à vingt ans de réclusion, elle écope de quatorze mois de prison et est incarcérée avec son bébé qui, comme la loi l'y autorise, peut demeurer avec elle jusqu'à ses 18 mois.

Il se trouve que les 18 mois de l'enfant précèdent de trois mois seulement la sortie prévue de sa mère. Le placer dans une famille d'accueil pour un délai aussi bref nous semblant une hérésie, nous nous battons pour que Myriam puisse bénéficier d'une libération anticipée, ce qui est finalement accepté.

De loin en loin, la jeune femme m'envoie des nouvelles : son fils n'a jamais vu son père, mais cela ne semble pas créer de difficultés particulières chez lui, d'autant qu'elle vit à présent en couple avec un médecin, de quinze ans son aîné, qui a bien accepté ce garçon qui n'est pas le sien et leur offre à tous deux une existence aisée, bien différente de celle de sa jeunesse.

Mais voilà que Myriam me téléphone un jour, paniquée : le père vient de réclamer un droit de visite en prison pour son fils et elle ne veut pas en entendre parler, tant cela l'inquiète. En effet, elle n'a jamais rien raconté de son passé et redoute que le père vende la mèche. Qu'attend-elle de moi ? Rien, sinon que je la soutienne dans sa décision, ce qui est tout à fait impossible. Si je respecte la combativité dont elle a fait preuve pour se sortir de ses erreurs de jeunesse et élever seule son fils en le protégeant, je ne peux en aucun cas être complice de son désir fou d'annuler le père de l'enfant. Mais Myriam se fiche complètement de ce que je pense. Et avec beaucoup d'habileté, et surtout beaucoup d'inconscience, elle réussira à manipuler son fils pour qu'il n'aille pas voir son père en prison.

L'histoire est intéressante à plus d'un titre. Tout d'abord, à ceux qui affirment qu'entre un père et une mère il n'y a pas de différence, elle apporte à sa manière un démenti. Aux yeux de la loi, en tout cas, la mère est plus importante que le père, du moins durant les premiers mois de la vie – sinon, comment expliquer qu'on n'ait encore jamais vu un père incarcéré avec son tout jeune enfant ? Chacun sait bien que le bébé est, à la naissance, dépendant de la mère avec laquelle il se confond et qui assure sa survie ; une séparation précoce risque toujours d'engendrer des difficultés durables : tristesse, repli, incapacité de s'attacher à d'autres, dépression, troubles du comportement ou du caractère. À moins que, en l'absence de la mère, l'enfant puisse trouver la sécurité nécessaire dont il a besoin auprès d'une figure d'attachement stable, qui peut être le père.

Cela signifie-t-il que ce dernier joue un rôle secondaire ? Non, les choses sont évidemment plus complexes. Et le père est bien essentiel en tant que tiers qui vient s'interposer dans la relation fusionnelle : c'est grâce à lui que l'enfant prend conscience qu'il est différent de sa mère et que celle-ci va réussir à sortir de cette « préoccupation maternelle primaire » dont parle Winnicott, durant laquelle son psychisme est entièrement accaparé par le souci du bien-être de « son » bébé.

Il arrive, hélas, que certaines ne l'entendent pas ainsi. Soit elles invalident sans cesse le père – ce qu'on observe beaucoup en cas de divorce compliqué –, soit elles tentent de l'annuler purement et simplement, comme c'est le cas dans l'histoire de ces deux femmes.

Je pense à ce propos à la mère d'un garçon de 15 ans qui entamait une carrière de petit voyou : agressivité, injures, larcins divers… Femme d'apparence imposante et mère omniprésente qui savait toujours ce qui était bon pour son fils, elle déplorait la démission des pères en général et celle du père de son fils en particulier. Comme je lui demandais en quoi consistait cette démission, elle m'expliqua que, du temps de leur cohabitation, son ex-mari était trop souvent absent, ne l'aidait pas assez et qu'elle avait donc décidé de lui faire passer son « baccalauréat de père » (*sic*), auquel il avait échoué. À partir de ce moment, elle avait conclu que son fils n'avait plus besoin de voir cet homme incapable de décrocher son diplôme de père. L'étonnement m'a empêché de lui demander en quoi consistait cet examen de passage arbitraire, mais au fond peu importe. Ce qui compte, c'est que cette femme s'est arrogé le droit de priver l'enfant de son père… alors même que, dans un drôle de paradoxe dont elle n'avait pas conscience, elle ne cessait par ailleurs d'en appeler à la nécessité d'un tiers représentant de l'autorité pour calmer les ardeurs délictueuses de son fils. À défaut de père, le psychiatre ferait l'affaire… Encore fallait-il qu'elle le laisse jouer son rôle, ce à quoi elle ne semblait pas tout à fait prête : elle prenait des rendez-vous qu'elle annulait pour revenir enfin après de longues absences et se plaindre que nous étions décidément des incapables, mais qu'heureusement elle était là pour son fils.

Comment expliquer pareille attitude ? Chaque femme porte en elle l'image d'un père idéal, mélange de son père de la réalité et du (ou des) père(s) imaginaire(s) qu'elle s'est inventé(s) au cours de sa vie. Si l'homme qu'elle choisit comme père possible pour ses enfants n'est jamais conforme à cet idéal, la plupart du temps il représente néanmoins à ses yeux un compromis acceptable et satisfaisant, et elle va l'investir de la puissance et de l'autorité exigées par le rôle.

Cependant, certaines femmes, comme la mère de Mathias, s'attribuent ce rôle, dès la conception, dans un fantasme de toute-puissance. D'autres attendront l'arrivée de l'enfant pour mesurer l'insuffisance, réelle ou imaginaire, du père et ainsi lui dénier toutes ses prérogatives.

Le père, celui qui se défile ?

Ils sont deux, un garçon et une fille de 10 et 8 ans, et viennent me voir accompagnés par une tante qui les accueille depuis quelques semaines. Leur père est un truand marseillais. Incarcéré une première fois, il avait réussi à se faire la belle, vivant en cavale pendant des années avant de se faire prendre à nouveau. Il purge actuellement une longue peine et sa femme vient d'être inculpée de complicité.

Quelle image ces enfants peuvent-ils bien avoir de leur père ? Lorsque je leur pose la question, ils disent qu'il apparaissait de temps à autre, faisant alors régner l'ordre comme s'il était toujours là. Mais ils se souviennent surtout que, au moindre bruit, au moindre coup de sonnette, leur père filait se cacher dans une trappe dissimulée dans le plancher de la maison et disparaissait sans un mot, jusqu'à sa prochaine visite impromptue.

Image paternelle terrible, s'il en est, que celle d'un père intermittent, qui sème la terreur, à l'extérieur comme à l'intérieur de la maison, mais qui se planque à la moindre occasion pour échapper à la loi.

Comment s'identifier à un père pareil ? En devenant voyou, comme lui. Ou, au contraire, en devenant une sorte d'inspecteur Javert rigide, obsédé par l'ordre et l'autorité, en prenant l'exact contre-pied de ce qu'il était. Ce n'est pourtant pas ce qui m'intéresse ici. Les souvenirs de ces deux enfants m'invitent plutôt à poser une question en forme de provocation : le père n'est-il pas toujours celui qui se défile ?

À 14 ans, Marius souffre d'un bégaiement sévère qui est apparu dès le début de l'apprentissage du langage. Je l'avais vu à ce moment-là mais pour un autre symptôme : une constipation persistante, exprimant une difficulté à se séparer de sa mère, qui avait disparu rapidement et qui, peut-être, était déjà un signe que le père ne jouait pas assez son rôle.

Il faut cependant souligner une particularité : la mère est elle aussi une grande bégayeuse. Du moins l'était-elle à l'époque. À présent, elle réussit à maîtriser le télescopage des mots, sauf en cas de grande anxiété.

Marius ne semble pas avoir souffert de son bégaiement jusque-là. Mais la situation change et le voilà très isolé, replié sur lui-même, incapable de se faire des amis ; sa scolarité plutôt satisfaisante commence à se dégrader.

Face aux difficultés de son fils, le père se met en retrait. Il est bien présent à la consultation, mais il se contente de dire : « Il bégaie comme sa mère », « Il est fragile comme sa mère », une façon d'affirmer qu'il n'y peut pas grand-chose parce qu'il n'y est pour rien. En forçant le trait, on pourrait dire qu'il n'est pas concerné, il se sent exclu par ce symptôme de bégaiement qui soude la mère et le fils. Il pense hérédité, identification à la mère, fusion… Il n'a pas sa place, se voit réduit à l'impuissance, démuni. Quand les difficultés apparaissent, il se défausse, se dérobe. Et semble s'en remettre à moi comme s'il attendait que j'accomplisse un quelconque miracle. Notons pour la petite histoire que, des années auparavant, quand j'avais vu son fils pour sa constipation, il m'avait appelé « l'enchanteur », projetant sans doute sur moi les glorieuses qualités du père rédempteur qu'il aurait aimé être. Hélas pour moi, le symptôme du bégaiement est autrement plus difficile à soigner qu'une constipation chez un petit enfant.

Outre un soutien psychothérapique, je propose pour Marius un groupe de théâtre, organisé par un psychiatre de grand talent qui travaille avec des adolescents et des jeunes adultes en difficulté psychique. À ce moment, le père se cabre : « Mon fils ne va quand même pas faire du théâtre avec des fadas ! »

Il résiste à ma proposition, ne veut pas en entendre parler, préférant, semble-t-il, nier les difficultés de Marius. Tout à coup, l'histoire le concerne et il veut avoir son mot à dire… Heureusement, la mère va tenir bon et Marius participera aux cours de théâtre auxquels son père ne l'accompagnera pas une seule fois. En revanche, il viendra le voir jouer lors du spectacle de fin d'année et savourera alors les progrès et le succès de son fils.

Voilà un père qui n'est pas très gaillard ! Quand son fils va mal, la mère tente de comprendre ses difficultés, le soutient, l'encourage ; lui, il fuit, comme s'il prenait peur. La première demande : comment aider mon enfant ? Le second s'exclame : courage, fuyons ! Il paraît désemparé, sans ressources : les difficultés de son fils lui renvoient une image de lui qu'il ne supporte pas. Il a besoin que Marius aille bien pour se prouver qu'il est un bon père. Mais les fragilités de son garçon viennent le mettre en échec, infiltrer un doute qu'il s'efforce habituellement de masquer. Alors il reste à distance, en réserve ; il observe, fait comme si de rien n'était – ce qui ne signifie pas qu'il n'éprouve rien, loin de là, mais il tente d'oublier. Il réapparaîtra plus tard, quand son fils ira mieux, quand il pourra l'applaudir et le féliciter de ses progrès, progrès qui viendront colmater ses propres doutes et failles, lui permettant ainsi de retrouver sa place.

À sa façon, le père de Marius se défile. Serait-ce donc une fatalité ?

Le discours dominant m'opposera qu'il s'agit là d'une vision rétrograde des rôles parentaux : il paraît révolu le temps où le père déléguait à la mère (ou à une nourrice) le soin de s'occuper des enfants. Loin de moi l'idée de nier que les mœurs changent et que les pères évoluent, en bien. On l'a dit, ils s'investissent davantage, dès la grossesse, se montrent plus tendres, moins distants, plus à l'écoute. Pourquoi cette évolution ? Parce qu'ils rejettent l'ancien modèle du *pater familias* dont ils veulent se démarquer. Certes, mais les jeunes pères d'aujourd'hui n'ont jamais connu ce modèle, alors peut-être faut-il chercher ailleurs les raisons de leurs progrès. Les femmes ayant prouvé qu'elles pouvaient se passer d'eux, ils savent qu'ils ont intérêt à faire leurs preuves, à se montrer à leur hauteur, à se rendre indispensables. Mais, c'est un fait de société, les hommes en ce début du XXIe siècle sont davantage tournés vers leur famille qu'ils ne l'étaient autrefois. Est-ce dû à l'environnement économique ? Le travail étant désormais incertain, sujet à désillusion et à insatisfaction, ils se consacreraient à leur famille comme si elle était à l'abri de l'incertitude et de la précarité. Remarquons à cet égard que les adolescents eux-mêmes placent la famille en premier dans leurs souhaits de réussite, bien avant l'amour[1]. Lucides, ils ont compris que, si l'amour ne dure pas toujours, la famille, elle, subsiste et survit au désamour. C'est peut-être aussi le pari des hommes qui ont vu les femmes investir le monde du travail qui leur avait longtemps été réservé, les privant de quelques prérogatives qu'ils croyaient définitivement acquises. De plus, dans leur vie professionnelle, à moins qu'ils ne soient leur propre patron, ils sont souvent soumis aux ordres d'un supérieur hiérarchique qui les met en position d'infériorité. Ne peut-on alors interpréter leur repli vers la famille comme le désir, même inconscient, de réendosser les

1. Enquête IPSOS pour la Fondation Wyeth, à consulter sur : www. fondation-wyeth. org.

habits du chef, celui qui décide, ordonne, dirige ? À cet égard, il me semble que si la famille est comparable à une entreprise, le père y fait bien figure de patron quand la mère serait davantage syndicaliste, celle qui négocie, défend les intérêts des enfants, fait le lien entre le père et eux, passant les messages entre la direction et les petites mains.

Pour mieux nous convaincre des progrès accomplis, dans les années 1980, certains ont même tenté de nous faire croire à l'apparition d'une espèce inconnue jusqu'alors : les « nouveaux » pères, présents, attentifs, capables de bercer, changer, cajoler leurs enfants, exactement comme la mère, à l'image des trois lascars du film *Trois hommes et un couffin*. D'ailleurs, les mêmes qui saluèrent leur apparition ne tardèrent pas à les traiter de « papas poules », de « mères bis », coupables de favoriser la confusion des rôles et des genres, d'être impuissants à faire régner la loi et à imposer l'autorité.

Depuis, les esprits échauffés se sont apaisés, et il est admis que les pères s'investissent très tôt auprès de leurs enfants et partagent les rôles et les tâches avec les mères, les uns et les autres sachant jouer de leur caractère masculin et féminin pour éviter toute confusion de genres. Autrement dit, tout va pour le mieux dans le meilleur des mondes.

Une récente étude[1], destinée à évaluer la participation des pères à cinq moments clés de la vie des enfants (habillage, accompagnement à la crèche et à l'école, devoirs, coucher, jeux et loisirs), est venue mettre un bémol à ce tableau idyllique. Il apparaît en effet que l'habillage et les devoirs sont des activités presque exclusivement maternelles, seuls le coucher et les loisirs étant (un peu) mixtes. Voilà qui montre bien que, malgré les déclarations d'intention, les mères assurent tout ce qui a trait au quotidien, à l'intimité, à l'intérieur pourrait-on dire, quand les pères se consacrent plus volontiers aux sorties et aux jeux, à la sociabilité, tout ce qui est tourné vers l'extérieur, les unes et les autres reproduisant un schéma très traditionnel de division des rôles sexués.

Les plus optimistes se rassureront en remarquant que plus les pères sont jeunes, plus ils participent à la vie du foyer, ce qui laisserait à penser que l'on s'achemine, lentement mais sûrement, vers une véritable égalité. L'optimisme est malheureusement refroidi quand on constate qu'ils s'investissent avec leurs enfants petits mais s'éloignent dès que ceux-ci grandissent. Ils interviennent alors « en appoint », selon le joli mot des auteurs qui soulignent le

1. *La Participation des pères aux soins et à l'éducation des enfants. L'influence des rapports sociaux de sexe entre les parents et les générations*, étude réalisée par Carole Brugeilles et Pascal Sébille, chercheurs de l'université Paris Ouest/Nanterre, à partir d'une enquête de l'Ined et avec le concours de l'Insee. Cette étude a été publiée dans la revue de la CNAF, *Politiques sociales et familiales*, n° 95, mars 2009.

« caractère subsidiaire » de la participation paternelle : « Le père apparaît comme un acteur “aidant” à côté de la mère qui assume autant que faire se peut les activités parentales. »

Autre précision : les pères s’occupent davantage de leur fils que de leur fille ; ils les habillent plus volontiers, les aident plus souvent dans leurs devoirs, sont plus présents au moment du coucher et dans les loisirs. Est-ce parce qu’ils ont peur de l’intimité avec une fille ? parce que la transmission est plus facile avec un enfant de même sexe ? ou un peu des deux ? Quoi qu’il en soit, cette attitude favorise la transmission des goûts et des comportements sexués. S’il est évident que les choses évoluent, force est de constater que cette évolution est longue et lente, et qu’il faudra encore du temps pour en apprécier les répercussions concrètes. Dans vingt ou trente ans, mes propos paraîtront peut-être désuets, en tout cas je le souhaite. Mais, pour l’instant, la réalité est bien différente des images idéales véhiculées par les discours égalitaires.

Pour ma part, je persiste à penser que, pour faire et élever un enfant, on n’a encore rien trouvé de mieux qu’un père et une mère ou, plus exactement, une personne qui exerce la fonction maternelle et une autre la fonction paternelle, ces deux fonctions ne pouvant se confondre. La première apporte les soins de base, la proximité, la continuité, quelque chose qui a à voir avec la contenance et la spatialité ; la seconde, plus intermittente, plus à distance, apporte davantage la notion du temps. C’est dans la complémentarité de ces deux fonctions que l'enfant va puiser les repères qui lui permettront de se trouver lui-même. Insistons cependant sur le fait que, si le père a le droit de se défiler quand le quotidien est paisible, il doit toujours être là lorsque le vent se lève…

[illegible]

[illegible] dans [illegible] de [illegible] les [illegible] un [illegible] plus [illegible]

[illegible]

Une ombre protectrice

Victor, 9 ans, souffre-t-il d'émétophobie ? Plus encore que de vomir lui-même – ce qui ne lui plaît pas mais ne l'affole pas pour autant –, il redoute que les autres vomissent devant lui ou, pire que tout, sur lui. Cette peur particulière est apparue à la suite d'une épidémie de gastro-entérite lors de laquelle plusieurs enfants ont vomi à l'école. Depuis, Victor ne peut plus aller en classe, mais l'école lui a judicieusement proposé un Projet d'accueil individualisé (PAI)[1].

Dans l'histoire naturelle des différentes phobies, on retrouve généralement un dénominateur commun : la peur de la mort. Pourtant, il n'y a pas eu de deuil récent dans la famille de Victor, et quand je parle avec lui, il n'exprime pas de thème de mort récurrent. Le seul événement qu'il mentionne est un

1. Le Projet d'accueil individualisé est une mesure destinée à favoriser la scolarisation des enfants malades, comme il existe un Projet personnalisé de scolarisation (PPS) pour les enfants handicapés. Le PAI est passé entre l'école et la famille, avec intervention du médecin de santé scolaire.

déménagement qui remonte à plus de cinq ans et dont son père s'étonne qu'il ait gardé le souvenir.

Il faut un peu de temps pour que Victor raconte une anxiété particulière : il a vu un film avec des fantômes et des extraterrestres mais, davantage que ces créatures, ce qui lui faisait peur, c'est l'impression que des étrangers le guettaient au fond du couloir, attendant qu'il soit endormi pour venir le kidnapper. Cette angoisse fait écho à des difficultés d'endormissement et à des terreurs nocturnes dans la toute petite enfance. Pourtant, cette fois, elle est plus forte et perdure dans la journée, Victor craignant alors que quelqu'un ne vienne le saisir sans qu'il s'y attende.

Comme souvent, la mère tente de comprendre les difficultés de son fils. Elle dit que c'est la « surprise » du vomissement qui fait naître la peur, ce qui me semble être une piste. Le vomissement n'est pas maîtrisable, il échappe à la volonté et, de ce fait, survient par surprise, comme l'agresseur potentiel, toujours à l'affût…

Le père, lui, est perplexe, s'étonne de ces craintes qui lui paraissent un peu ridicules parce que sans fondement, ne voit pas ce qu'il peut faire. Et moi, je m'étonne de son étonnement.

Ce qu'il doit – ou aurait dû – faire, c'est rassurer son fils, tout simplement parce que c'est son rôle. Si la peur est bien la maladie physiologique de la petite enfance, comme le disait Freud, elle guérira d'autant mieux que le père aidera à la soigner. L'enfant doit pouvoir imaginer qu'il assure sa sécurité et le protège de tous les dangers : de l'obscurité effrayante de la nuit, des chiens qui peuvent le mordre, des « méchants » qui s'attaquent aux petits… Le père est celui qui monte la garde pendant que l'enfant dort, celui qui se dresse tel un rempart contre les voleurs, les envahisseurs, les kidnappeurs et autres créatures fantasmatiques menaçantes. Il peut les affronter parce qu'il ne connaît pas la peur et il doit le montrer : « Ne t'inquiète pas, je suis là, les extraterrestres, je m'en charge, j'en ai déjà neutralisé des dizaines et je les ai renvoyés chez eux. » C'est ainsi qu'il va apprendre à l'enfant à vaincre ses peurs. L'enfant saura qu'il est toujours là, qu'il peut compter sur son père, quoi qu'il arrive. Et en s'identifiant à ce père assez fort pour le défendre, il va peu à peu construire une confiance intérieure suffisante pour affronter les dangers, imaginaires ou réels.

Bien sûr, la mère rassure elle aussi. Mais je crois que sa réassurance est davantage de l'ordre de la consolation : elle souffle sur les bobos pour en apaiser la brûlure, sèche les larmes, murmure des mots tendres… Et l'enfant se sent d'autant mieux protégé qu'il sait que son père est là, tout proche, qui veille. J'ai connu une petite fille qui faisait des cauchemars et qui, chaque nuit, appelait son papa. Chaque nuit pourtant, c'est sa mère qui se levait et venait la rassurer. Mais la petite fille posait invariablement la même question : « Et papa, il dort ? » Savoir que son père dormait suffisait à la rassurer. Et puis une nuit, son père a enfin répondu à son appel : « Ne t'en fais pas, je suis là, tout va bien.

— Alors, tu peux demander à maman de venir ? » a réclamé la fillette.

L'anecdote est jolie parce qu'elle montre qu'en fin de compte, il n'y a rien de mieux qu'un papa et une maman pour offrir un environnement sécure.

Il faut imaginer l'enfant comme une maison qui s'aménage petit à petit. La mère est représentée par les murs qui entourent, contiennent, assurant une protection rapprochée ; le père, lui, est représenté par la haie ou le grillage qui délimite l'enclos du jardin, protégeant à la fois les murs et ce qu'il y a à l'intérieur, la mère et l'enfant. Cette double protection va offrir à l'enfant un environnement assez sécurisant et un socle assez solide pour lui permettre de se « meubler » psychiquement, avec ces éléments si essentiels que sont la confiance en soi et le narcissisme. On voit bien, ici encore, que la mère et le père ont des rôles complémentaires et que, même si ces rôles peuvent être tenus tour à tour par l'un ou par l'autre, mais de façon différente, le maternel joue davantage dans le registre de l'intime, de l'affectif, de l'intérieur ; le paternel, lui, se situe toujours du côté de l'ouverture au monde, de la socialisation, de l'extérieur. Et si c'est au père qu'il revient d'être fort, c'est parce que, physiquement, il donne une impression de puissance plus importante. Tenter de dénier cette évidence en la ramenant à un propos sexiste montrerait qu'on n'a rien compris à ce qu'est la construction psychique d'un enfant et à ses besoins : besoin de tendresse maternelle, enveloppante ; besoin de protection paternelle, fortifiante ; toutes deux ne s'excluant pas, mais étant également indispensables.

Sans doute n'est-il pas anodin que Victor se souvienne si bien du déménagement qui a eu lieu cinq ans plus tôt. La perte de sa maison réelle, ce cocon qui l'avait vu naître et commencer à grandir, est probablement venue souligner les malfaçons de sa maison psychique et de son univers imaginaire, contribuant à le fragiliser. Pour les adultes, le déménagement représente la troisième cause de stress, après le deuil et le licenciement. On imagine alors que, pour un enfant, il s'agit d'un événement très déstabilisant puisqu'il entraîne une perte de repères pouvant faire surgir l'angoisse. Mais il le supportera d'autant mieux qu'il pourra emporter avec lui sa maison intérieure, assez solidement construite.

Dans le cas de Victor, le déménagement, comme la vision du film avec les extraterrestres, fait davantage figure d'événement déclencheur que de cause traumatique proprement dite. Pour qu'ils l'aient à ce point impressionné, il y a fort à parier qu'ils viennent s'inscrire sur une fragilité préexistante et sans doute, par le passé, le père n'a-t-il pas été à la hauteur de son besoin de réassurance. En effet, une phobie qui se développe et perdure est toujours le signe que quelque chose s'est mal négocié à un moment ou à un autre. Faute d'avoir pu compter sur son père quand il en avait besoin, Victor déplace toutes les craintes imaginaires qui l'assaillent encore sur un « objet » particulier, en l'occurrence les vomissements. On pourrait dire que la phobie est due à l'écart entre le père imaginaire dont il avait besoin et le père tel qu'il est, ou a été, dans la réalité. Victor a fait trop tôt l'apprentissage de la faillibilité paternelle. Pour le guérir de ses peurs infantiles, il avait besoin d'un héros qu'il n'a pas trouvé.

Mon père, mon héros

Dans la foule, une petite silhouette se détache, seule au-dessus de toutes les autres. Assis sur les épaules de son père, l'enfant se prend pour un roi. Il domine le monde à ses pieds et l'embrasse d'un seul regard. Il n'a qu'à tendre la main pour saisir ce qui s'offre à lui. Intouchable, il ne craint rien ni personne. Ses yeux et son sourire disent sa joie et sa fierté, et c'est à regret qu'il consent à quitter son trône. Mais, redescendu à terre, il n'oubliera pas ce moment qui le vit maître de l'univers.

Cette image-là, que chacun d'entre nous a vue ou vécue, a valeur de symbole et illustre l'un des aspects fondamentaux de la fonction paternelle. Le père est un géant, un titan ; tel Atlas, il porte l'enfant-monde sur ses épaules, le hisse au-dessus des nuées, à hauteur des héros. Le père est un marchepied vers la gloire.

« Le plus fort du monde »

C'est un petit de 7 ans dont la mère est en train de mourir d'un cancer. Il arrive en compagnie de sa grand-mère qui a décidé elle-même de consulter parce qu'elle trouve que cet enfant crie beaucoup, comme son père, qu'elle décrit comme très autoritaire. Le motif de consultation m'apparaît assez dérisoire eu égard à la maladie et à la mort prochaine de la mère, néanmoins, je reste un moment seul avec le gamin sympathique. Je ne m'autorise pas à lui parler de la mort, me contentant de lui dire que, si un jour il pense avoir besoin de moi, je serai là…

Mais, pour l'instant, ce garçon s'en fiche, il a des histoires autrement plus jolies à me raconter. Toutes tournent autour du père, dont elles illustrent les différents exploits. Le père joue au foot mieux que personne, même Ronaldo fait pâle figure en comparaison. Le père sait conduire un bateau à moteur et les vagues qu'il provoque deviennent autant de tempêtes. L'autre jour, à la fête foraine, le père a atteint toutes les cibles au stand de tir à la carabine. Enfin, la veille, me déclare fièrement l'enfant, son père lui a fait du hachis Parmentier. C'est sa mère qui l'avait préparé avant de partir à l'hôpital, précise-t-il, mais son père l'a fait cuire. Je corrige : « Non, ton père l'a fait réchauffer. » Le garçon insiste : « Il l'a fait cuire. » Et comme je répète qu'il l'a fait réchauffer, il s'énerve : « Tu ne comprends rien, je te dis qu'il l'a fait cuire ! »

Effectivement, je n'ai rien compris !

Ce petit ne fait pas d'erreur, ne choisit pas ses mots au hasard : si son père se contente de réchauffer le hachis Parmentier, il n'a qu'un rôle secondaire, reste en quelque sorte dépendant de sa femme ; s'il le fait cuire, il devient fabricant, créateur. Parce que sa mère, qui l'a porté, allaité, nourri, choyé, est en train de mourir, le garçon prête à son père des qualités maternelles et fait de lui un père nourricier. Il a besoin de croire que son père est capable de reprendre à son compte le rôle maternel. Pour lui, c'est une question de survie, une façon de rendre la perte supportable. Si le père réussit à représenter la mère, au moins un peu, pour un temps, l'absence sera moins lourde, moins menaçante pour son équilibre.

Le père n'est plus seulement protecteur, il devient véritablement une bouée de sauvetage qui doit jouer tous les rôles. Ou, plus exactement, l'enfant doit croire qu'il a toutes les compétences nécessaires ; il a besoin de l'idéaliser, besoin de trouver en lui toutes les identifications possibles, à la fois paternelles et maternelles. Le fils met son père en position de force absolue, de toute-puissance. À charge pour celui-ci de montrer qu'il est à la hauteur de cette idéalisation vitale, qu'il est capable de (presque) tout, et surtout de le protéger de la mort de sa mère en tenant les deux rôles, même temporairement.

Dans ce mini-État qu'est la famille, la mère serait le président de la République, le père le président du Sénat. La première gouverne, mais toujours en consultant le second. Cela ne signifie en aucun cas que le rôle du père est accessoire ; au contraire, il est essentiel puisqu'il veille, conseille, donne son avis, empêche les dérives totalitaires. Qu'importe s'il reste en retrait, un peu dans l'ombre, on sait qu'il est là et sa présence est la garantie du bon fonctionnement des institutions. Et si le président de la République vient à disparaître, le président du Sénat est appelé à assurer l'intérim.

Toutes proportions gardées, cette histoire m'évoque le si beau roman de Cormac McCarthy, *La Route*[1]. Dans un monde d'après apocalypse couvert de cendres, un père et son fils errent sur la route, poussant un caddie rempli de couvertures et d'objets hétéroclites glanés çà et là. Rien ne subsiste de la vie d'avant, rien ni personne, hormis quelques êtres isolés qui sont autant de menaces. Le père et le fils sont tout l'un pour l'autre. Ils s'accrochent l'un à l'autre, le premier s'efforçant d'apaiser la peur du second en mettant la sienne en sourdine. Entre eux, peu de mots, et presque toujours les mêmes. S'il

1. Éditions de l'Oliver, 2008.

arrive parfois au père de répondre qu'il ne sait pas lorsque son fils lui demande s'ils vont mourir, il finit toujours par le rassurer en répétant : « Ça va aller. » Alors, l'enfant acquiesce : « D'accord » et peut reprendre sa marche.

Le fils perçoit les failles de son père, sa peur aussi intense que la sienne, mais il s'efforce de croire qu'il peut le protéger malgré tout. Il veut voir son père comme un héros qui va les empêcher de mourir et, même s'il n'est pas tout à fait dupe de la puissance qu'il lui prête, s'il veut continuer à avancer, il n'a pas d'autre choix que d'y croire.

L'enfant a-t-il jamais le choix ? Non ! Même si, heureusement, l'apocalypse n'est pas encore survenue, même si toutes les mères ne meurent pas, dans la vie d'un enfant, le père doit être le premier héros. Il est grand et fort, il n'a peur de rien, il connaît des tas de choses… Il n'y a qu'à écouter les petits dans la cour de récréation se disputant presque pour montrer que leur père à eux est plus fort que tous les autres. « Mon père, il répare les voitures comme personne ! » « Et moi, mon père, il court plus vite que le champion du monde ! » « Eh ben, moi, mon père, il fait de l'escalade et il monte très, très, très, haut ! » Pour faire un héros, il faut peu de chose en somme ; il suffit d'une petite qualité, d'un petit domaine d'excellence que l'enfant repère chez son père dans la réalité et à partir duquel il va commencer à dessiner son père imaginaire, allant jusqu'à croire que les deux ne font qu'un. Il est si essentiel d'avoir un père héroïque que, chez le moins doué ou le plus pathétique, il réussira souvent à trouver une qualité, aussi minime soit-elle, qui lui permettra de le voir glorieux, fût-ce par intermittence. Alors, lui aussi pourra rivaliser avec les autres dans la cour de récréation où chacun brandit son père à la manière d'un étendard. Les exploits paternels sont un peu les siens, sa gloire est la sienne, et aussi sa force, qu'il lui transmet comme un glaive. C'est ainsi qu'un enfant peut se construire : en idéalisant le père, même si, au plus profond de lui, il n'est jamais tout à fait dupe. En tout cas, il a besoin de cet imaginaire. Et le rôle du père est d'endosser cet habit, tout en sachant parfaitement qu'il flotte dedans et qu'il lui sera retiré un jour. Bientôt ?

En attendant, il faut être deux pour faire un héros : un enfant qui l'imagine et un père qui l'incarne. Mais c'est toujours le premier qui distribue les cartes ; toujours lui qui doit trouver des traits héroïques au second. Jérémy, 7 ans, est petit pour son âge. Tranquille et sage, presque trop, il paraît inhibé, un peu triste, craintif et mal assuré. Dans la cour de récréation, il reste dans son coin, ne joue pas avec les autres enfants, et sa mère qui l'accompagne en consultation s'étonne de ses difficultés. Jérémy a pourtant tout pour lui, dit-elle. Il a surtout un père, sportif célèbre que tout le monde connaît. Un père très occupé qui, malgré son emploi du temps surchargé, réussit parfois à aller chercher son fils à l'école, provoquant alors une petite émeute. Quand je demande à Jérémy si ça lui fait plaisir, il répond seulement : « Ça fait beaucoup de bruit », et quand je l'interroge sur son père, il se contente de dire : « Je n'ai pas envie d'en parler. » J'entends pour ma part que de son père on parle déjà trop et qu'il ne trouve plus rien à en dire. De quels exploits paternels peut-il se vanter que ses copains ignorent ? De quelle gloire peut-il l'auréoler encore ? Jérémy n'a pas pu choisir son héros, puisque tout le monde l'avait déjà désigné comme tel. Contrairement à ce que l'on dit trop souvent, mon père n'est pas ce héros ou un héros, mon père doit être mon héros à moi. Sinon, comme Jérémy, l'enfant risque de se sentir dépossédé ; il va falloir qu'il réussisse à trouver chez son père des qualités héroïques qu'il sera le seul à repérer et qui lui seront réservées, pour avoir l'impression qu'il est le seul reconnu et aimé par ce héros qui, à force d'appartenir à tout le monde, ne lui appartient plus.

Aime-t-on son héros ? Sans doute, mais je crois qu'avant tout on l'admire. Et s'il y a une différence fondamentale entre père et mère, c'est bien celle-ci : la mère est objet d'amour, le père est objet d'admiration – au moins dans un premier temps. Et on attend de lui qu'il nous admire en retour, d'une admiration au moins égale à celle qu'on lui voue. Tout enfant a envie que son père soit fier de lui ; il veut le surprendre, l'éblouir, lui donner une image de conquérant. *« Mater certissima, pater semper incertus est »*, rappelions-nous plus haut. Sans doute est-ce aussi pour cette raison que l'enfant est toujours sûr de l'amour de la mère – même celui qui a été abandonné peut lui trouver des excuses et pense qu'elle a agi par amour –, alors que celui du père, inconnu familier, reste à conquérir, à travers la fierté notamment.

À sa mère, il confiera plus volontiers ses fragilités et ses doutes, à son père il montrera ses exploits, guettera ses encouragements et son approbation dans ses moments de gloire.

Cette quête-là n'en finit jamais. Toute sa vie ou presque, chacun cherche à épater son père, à se montrer à la hauteur de ce qu'il a été pour lui dans l'enfance. À 26 ans, Samuel le sait bien. Jeune comédien frais émoulu d'une prestigieuse école de théâtre, il découvre la réalité des petits rôles, des castings, de la rivalité avec les copains d'hier, des contrats d'intermittent, des projets qui n'aboutissent pas… Lorsqu'on demande de ses nouvelles à ses parents, le père répond invariablement que tout marche très bien pour son fils ; la mère s'agace de cet angélisme et dit au contraire qu'il en bave… Chacun est-il en proie à ses projections ? Non, simplement, quand il parle avec sa mère, Samuel n'hésite pas à lui confier ses états d'âme, sa peur de ne pas y arriver, ses déceptions ; avec son père, il ne dit rien de tout cela, se contentant d'évoquer ses rôles et ses nombreux projets. Comme beaucoup, Samuel sait que sa mère l'entendra, le comprendra, le soutiendra – ce qui ne signifie pas que son père n'en est pas capable, mais il dit que, malgré tout, il redoute toujours son jugement. Alors, il veut « le bluffer » et reconnaît que, même si ce n'est pas toujours facile, c'est un bon moteur pour avancer. Finalement, la fierté du père est gage de son amour.

Humain, malgré tout

C'était il y a plusieurs années déjà. Hugo, atteint d'une leucémie, était en conflit avec son père parce que celui-ci ne voulait pas entendre parler de sa maladie. Il se contentait de répéter : « Je ne veux pas que mon fils meure », mais c'était sa femme qui se coltinait l'hôpital, les rendez-vous avec les médecins, les traitements, les examens, l'accompagnement quotidien de Hugo, avec ses périodes de doute, d'espoir et aussi de souffrance.

À cause de son indifférence, de sa distance, Hugo le rejetait, disant qu'il guérirait avec sa mère et pour elle, mais sûrement pas pour son père qu'il détestait.

Puis vint un jour où le garçon dut subir un traitement particulièrement douloureux alors en cours dans la prise en charge des leucémies, qui consistait à provoquer une infection destinée à relancer le système immunitaire. Quelque temps après, Hugo, pour la première fois, éclata en sanglots lors de notre entrevue. Je m'inquiétai : souffrait-il ? Avait-il eu des résultats d'examen alarmants ? « Non, hoqueta-t-il, j'ai vu mon père pleurer. »

Une nuit, souffrant des suites de son traitement de choc, Hugo s'était levé pour demander de l'aide à sa mère. Dans le couloir, il avait entendu la voix de ses parents. Hésitant à les déranger et ne voulant surtout pas voir son père, il s'était approché doucement et s'était assis pour attendre que celui-ci s'endorme. Mais c'est surtout lui qui parlait, interrogeant sa femme sur le traitement que Hugo avait subi, disant ses inquiétudes, sa révolte devant la maladie de son fils. Et il avait éclaté en sanglots, il n'en pouvait plus de toute cette souffrance, de son impuissance… Hugo était alors reparti dans sa chambre, sans rien demander, pleurant lui aussi. Bouleversé, il venait de découvrir que son père l'aimait. Ses larmes n'étaient plus de rage, mais d'apaisement et de reconnaissance.

Si le père paraît fort, c'est en partie grâce à son apparence physique et à sa façon d'agir avec son enfant. Il le fait sauter en l'air, le porte sur ses épaules, l'encourage à gagner à la course… Mais il paraît d'autant plus fort qu'il est toujours un peu à distance, par comparaison avec la mère dont la présence, on l'a dit, est plus continue. La proximité rend plus visibles les fragilités, les doutes. Certains pères l'ont un peu trop bien compris et, s'ils sont présents et tendres, ils se gardent de parler d'eux, de ce qu'ils ressentent, comme le font naturellement les mères. Ce silence que l'on pourrait qualifier de pudique n'est pas sans leur conférer une aura de mystère ; elle contribue sans doute à renforcer leur statut de héros aux yeux de leur enfant, et aussi à se protéger eux-mêmes, gardant pour eux leurs fragilités dans l'espoir que cela suffise à les effacer. Mais, à force, le mystère peut devenir hermétique et la distance risque d'être prise pour de l'indifférence. Or l'enfant a besoin de sentir que son père s'intéresse à lui, qu'il le voit, l'entend, le respecte.

Faut-il rappeler ici que même ce demi-dieu qu'est Achille possède un point de vulnérabilité, son fameux talon ? C'est cela qui lui permet de rester humain. Comme lui, le père-héros ne doit pas être un robot, une machine insensible et sans âme. S'il manifeste ses émotions, il autorise son enfant à exprimer les siennes et à s'identifier à lui. Ainsi, paradoxalement, le père d'Hugo, en affichant enfin sa souffrance, permet à son fils de se sentir plus fort encore.

Cet homme rappelle les pères à l'ancienne, tels qu'on a pris l'habitude de les décrire, froids et distants. Est-il l'un des derniers survivants d'une espèce en voie de disparition ? Il y a plus de trente ans, lorsque j'ai commencé à exercer, je m'occupais beaucoup d'enfants autistes. La prise en charge se faisait alternativement en hôpital de jour et à domicile, prévoyant notamment une visite dominicale dans les familles et un groupe de parents le jeudi. Mais, à ces réunions hebdomadaires, on voyait seulement les mères, parfois les grands-mères, tandis que les pères brillaient par leur absence. À en croire ce que disait leur femme, trop blessés par le handicap de leur enfant, ils préféraient rester à distance, comme pour mieux le nier. Nous avions donc fini par instituer un groupe réservé à ces pères que nous avions si peu l'occasion de rencontrer. L'expérience, qui paraît aujourd'hui banale, leur avait permis de s'exprimer enfin. Et nous avions découvert que, loin d'être dans l'indifférence ou le déni, ces pères étaient au contraire attentifs, préoccupés et inquiets, mais s'efforçaient de n'en rien laisser paraître. Ils se relevaient la nuit pour veiller sur le sommeil de leur petit, ils avaient des angoisses, des cauchemars, des interrogations… mais ne s'autorisaient ni à le dire ni à le montrer. S'ils s'appliquaient à être forts, c'était parce qu'on leur avait appris qu'un homme, ça ne pleure pas, mais plus encore parce qu'ils redoutaient d'être débordés par leurs émotions et de ne plus pouvoir tenir leur rôle de protecteur, auprès de leur enfant et aussi de leur femme.

Les pères d'aujourd'hui ont fait beaucoup de progrès. S'il leur arrive encore de se défiler au quotidien, comme on l'a vu, ils sont toujours là en cas de coup dur et de difficulté. Leur présence aux consultations tout au long de la prise en charge atteste de leur investissement accru et de leur capacité de laisser s'exprimer cette part d'eux-mêmes que l'on qualifie de féminine, parce qu'elle touche à la sensibilité et à une certaine fragilité. Les pères contemporains savent qu'ils peuvent montrer leurs émotions sans passer pour des « mauviettes » ni déchoir de leur statut de père-héros, et que cela ne fait pas d'eux des « mères bis ».

Ainsi le père de Jonathan, 12 ans. Ce garçon souffre d'un trouble grave de la personnalité, mais il poursuit tant bien que mal – et plutôt mal que bien – sa scolarité, encadré par un psychothérapeute, un orthophoniste, une psychomotricienne et une institutrice qui assure un soutien scolaire à domicile. Lorsqu'il vient consulter avec ses parents, il doit entrer dans le secondaire mais, au vu de ses difficultés et de son dossier médical, aucun collège ne l'accepte. Le plus étonnant dans cette histoire est que tous les médecins consultés se sont abstenus de mettre un nom sur sa pathologie qui est pourtant repérable d'entrée : Jonathan est autiste. Le maintenir dans un parcours scolaire classique ne me paraît pas souhaitable ; il a besoin d'être encadré par des éducateurs spécialisés et non par des enseignants dont le métier n'est pas le soin psychique. Il aura certainement plus de chances de progresser dans un Institut médico-éducatif (IME) qu'au collège, où il risque de déprimer.

Tandis que je parle, la mère fond en larmes. Les médecins lui ont promis que le trouble de Jonathan pouvait s'arranger, qu'il y aurait un déclic un jour ; son fils est heureux à l'école, elle préfère qu'il continue comme ça. Le père a l'air sonné, lui aussi, mais il parvient à maîtriser son émotion pour me questionner sur les solutions possibles. De cette façon, et malgré sa tristesse, il relance aussitôt l'avenir de son fils, quand la mère reste dans une position de réassurance immédiate.

J'observe souvent ces réactions différentes, qui me semblent illustrer l'une des caractéristiques des rôles maternel et paternel. La mère joue plutôt du côté de l'enveloppement et de l'immédiateté ; le père apporte pour sa part une autre temporalité, davantage tournée vers le futur.

Et quand la tempête fait rage, que le naufrage menace, c'est bien au père qu'il revient de prendre la barre de l'embarcation pour tenter de la ramener jusqu'à un rivage plus tranquille, en veillant sur les passagers. Même s'il doute, même s'il est inquiet, il doit jouer les capitaines et maintenir le cap, sans pour autant s'arroger les pleins pouvoirs.

L'on s'aperçoit alors que les pères d'aujourd'hui sont dans une situation beaucoup plus complexe qu'ils ne l'étaient hier : ils doivent pouvoir montrer leur part féminine tout en continuant à exercer les prérogatives qui reviennent au père. Mission impossible ? Délicate, à tout le moins. Qui pourrait prétendre réussir à se maintenir sur ce fil d'équilibriste sans jamais vaciller ?

Héros empêché

Le père d'Alexis est tombé gravement malade un mois après la naissance de son fils, mais cela n'a pas semblé avoir d'incidence sur le développement de celui-ci qui a plutôt montré une certaine précocité, notamment dans l'apprentissage du langage. Pourtant, au cours préparatoire, Alexis n'a pas réussi à apprendre à lire. Ses parents, alarmés par cette incapacité résistante, ont alors consulté. Après un premier bilan, le garçon a été déclaré dyslexique. Comme il présentait également quelques troubles de la concentration, on l'a soupçonné d'être hyperactif. Cependant, son intelligence était telle que les adultes autour de lui se sont interrogés sur la nécessité de lui faire passer des tests de QI ; après tout, cet enfant était peut-être surdoué… Bref, Alexis a été affublé de tous les troubles classifiés qui permettent aux psychiatres contemporains d'étiqueter la souffrance des enfants sans toujours chercher à en comprendre le sens.

Le garçon est donc suivi par des orthophonistes, des psychologues et des psychiatres, mais la situation ne s'améliore pas. Elle va même en se dégradant, c'est pourquoi ses parents l'amènent en consultation dans mon service. Alexis doit en effet entrer au collège et ils s'inquiètent de ses capacités de poursuivre sa scolarité.

Je suis frappé par le bon contact de ce garçon de 11 ans, par son intelligence et sa vivacité. Néanmoins, il commence à souffrir d'un trouble de l'estime de soi, à se replier, à douter de lui-même et de ses perspectives d'avenir.

De jolie façon, Alexis dit : « Heureusement que mon père m'a fait avant d'être malade », laissant entendre qu'il est né de son père plus encore que de sa mère et qu'il le remercie de l'avoir fait naître sain et en bonne santé.

Pour expliquer ses difficultés, Alexis dit encore : « Je ne peux pas apprendre, mon père est toujours opéré. » Il est vrai que son père a subi pas moins de six opérations avant d'être déclaré guéri. Et c'est peu de temps avant l'entrée d'Alexis au CP qu'il a eu des complications gravissimes, les médecins le déclarant alors au-delà de tout traitement, en situation de mort imminente.

Un héros peut-il être malade ? Non, il a le droit à quelques fragilités, on l'a vu, à condition que cela ne l'empêche pas d'être « le plus fort ». La maladie grave représente une défaillance trop importante et l'enfant n'a plus d'image paternelle assez stable contre laquelle se reposer et se construire.

Alexis n'a jamais connu son père autrement que malade. À l'âge où il aurait dû rivaliser à la course avec lui, mimer des combats de boxe, l'admirer au volant de sa voiture ou juché en haut d'une échelle, il allait l'embrasser à l'hôpital, le voyait fatigué, affaibli, allongé dans un lit, incapable de jouer, si ce n'est, parfois, à des jeux de construction un peu trop sages et dont il se lassait vite. À la maison, sa mère le rappelait souvent à l'ordre, lui réclamant de ne pas faire de bruit afin de ne pas déranger son père qui se reposait.

Alors, non, décidément, son père n'est pas un héros. Mais toute la vie semble tourner autour de lui et de sa maladie ; il prend beaucoup trop de place et monopolise l'attention de sa mère plus que de raison. Son père est un rival d'autant plus encombrant qu'Alexis ne peut pas l'affronter ; il ne peut pas rêver de le tuer, puisque la réalité, en mettant ses fantasmes œdipiens à l'œuvre, lui interdit de les concevoir. Attaqué par le bistouri et les perfusions, luttant sans répit contre la mort, son père est inattaquable fantasmatiquement. L'ambivalence, pourtant réelle, ne peut pas s'exprimer. Alexis se sent coupable de la maladie de son père, qui a débuté juste après sa naissance, et de ne pas pouvoir le protéger, le guérir, mais, dans le même temps, il lui reproche l'air de rien d'être malade : « Tu m'as fait en bonne santé » est une façon de souligner que son père est coupable de ne pas l'être, tout comme « Je ne peux pas apprendre, mon père est toujours opéré » sous-entend qu'il lui fait porter la responsabilité de son échec.

En n'apprenant pas à lire, Alexis a trouvé inconsciemment un moyen très particulier de fixer le temps et donc d'empêcher son père de mourir. La mort qui n'en finit pas de rôder l'a mis en invalidité de développement. Au cancer de son père, il a répondu par un cancer scolaire, dans une identification morbide.

S'il apprend, progresse, grandit, il remet le temps en marche, ce qui représente une menace : il trahit son père en ne lui ressemblant pas, le dépasse et risque de le tuer, pour de vrai.

La maladie paternelle lui interdit de se projeter dans l'avenir tout en l'obligeant à sortir trop tôt de l'insouciance de l'enfance. Or, Alexis a besoin de jouer, de rire, de crier, de faire du bruit ; besoin d'être un enfant et de vivre tout simplement, à la place qui est la sienne, sans avoir le sentiment que cela peut aggraver l'état du malade. À son âge, il ne peut pas devenir le père de son père.

Pour grandir, il faut qu'il comprenne que celui-ci n'a pas choisi sa maladie, qu'il fait confiance à ses capacités et à son talent et qu'il éprouve beaucoup de plaisir et de fierté devant ses progrès. Mais, plus sûrement encore, Alexis a besoin de trouver un héros sain et valide, support identificatoire qui lui permettra de se construire en allant vers la vie, et non pas vers la mort que le père porte en lui.

L'équilibriste

La scène se passe dans un train de banlieue. Sur la banquette en face de la mienne, un père et son fils, qui doit avoir 8 ans. Entre eux, un panier avec un chat que le petit ne quitte jamais du regard malgré les efforts de son père pour faire diversion. « Tu crois qu'ils vont le guérir ? » interroge-t-il, inquiet, en plantant cette fois ses yeux dans ceux de son père. Et comme si celui-ci ne le savait pas, il ajoute que c'est son premier chat, celui qui l'accompagne depuis qu'il est petit, qu'il ne veut pas qu'il meure. Fuyant soudain le regard de l'enfant qu'il cherchait à accrocher quelques minutes plus tôt, le père répond : « Tu sais, il faut que tu sois fort. Si tu es fort, ça va l'aider à guérir. » En l'entendant, les yeux du petit se sont brouillés de larmes. Moi, je bouillais intérieurement sur mon siège. Car si tout laisse à penser que son chagrin était dû à la mort possible de son chat, je ne pouvais pas m'empêcher de penser qu'il pleurait à cause de la désillusion que son père venait de lui infliger. Ses larmes étaient de déception.

Voilà, en effet, un homme qui faisait peser une bien lourde responsabilité sur de trop jeunes épaules qui n'en demandaient pas tant. Le petit cherchait à s'assurer de la force de son père, capable d'empêcher son chat de mourir ; au lieu de quoi, le père lui déléguait une force qu'il n'avait pas. Il avouait son impuissance à guérir l'animal et en profitait pour se décharger de sa responsabilité en la rejetant sur le fils, se défaussant ainsi de son rôle paternel.

Pire encore, le père ajoute : « Moi, quand j'étais jeune, j'ai eu un chat aussi et il a vécu jusqu'à 19 ans. » Une façon de sous-entendre qu'il avait été plus fort que son fils et de se placer ainsi en compétition avec lui. Il ne comprend pas que celui-ci n'a pour l'instant aucune envie de rivaliser avec lui – cela viendra plus tard ; il a besoin que son père soit plus fort pour l'autoriser à le devenir à son tour.

À cause de cette remarque, l'enfant entre dans la désillusion. Son père lui signifie qu'il n'est pas tel qu'il l'imaginait, il refuse de jouer le jeu de la puissance à laquelle son statut de père le condamne (l'oblige).

Vouloir responsabiliser ses enfants est une intention louable, à condition de ne pas brûler les étapes. Ce sont eux qui président à la destinée de leur héros et donnent le tempo. Durant toute l'enfance, ils vont se créer le père dont ils ont besoin, à charge pour celui-ci de se plier à ce qui, loin d'être un caprice, ressemble à une exigence vitale. L'adolescence approchant, ils commenceront à envisager de se séparer de ce héros qui a fait son temps et finit par les encombrer.

Ce sera alors le temps de la déception, nécessaire, où l'on se met à douter non seulement de son père, mais aussi de soi qui s'est laissé prendre à une illusion. Mais la désillusion arrive bien assez tôt, et ce n'est pas au père de la provoquer. Il doit seulement laisser à son enfant la possibilité d'apercevoir parfois quelques défaillances sous son manteau de gloire et faire comme si de rien n'était pour mieux continuer à rêver. En effet, on l'a dit, l'enfant n'est jamais tout à fait dupe, mais ce n'est pas grave car la construction de l'image de soi se fait aussi grâce aux doutes qu'il a sur les capacités de résistance paternelles. Ces doutes sont essentiels puisqu'ils permettent de comprendre qu'il n'y a pas de force absolue, invincible, mais que la seule force consiste à pouvoir reconnaître et accepter ses propres fragilités.

Être père apparaît ainsi comme un exercice d'équilibriste. Le père est un funambule qui avance sur un fil tendu entre les sommets de deux montagnes, au-dessus d'un précipice vertigineux. Ce n'est pas seulement lui qui est en jeu mais le devenir de son enfant, et il n'a pas d'autre choix que de marcher d'un point à un autre, sans se retourner, sans regarder en bas, sans s'arrêter, parce que le petit ne le quitte pas des yeux et a besoin de croire qu'il n'a peur de rien.

Exercice d'équilibriste parce que, du père, on attend tout et son contraire. La puissance mais pas la toute-puissance, l'assurance mais pas l'autosatisfaction, l'autorité mais pas l'autoritarisme, la tendresse mais pas le maternage, la douceur mais pas la mièvrerie, la compréhension mais pas la tolérance à tout prix, la rigueur mais pas la rigidité…

Comment s'étonner alors que le père ne soit jamais comme il faut ? Il n'est jamais tout à fait celui qu'on voudrait qu'il soit et dont on rêve. Il commence par être l'objet d'une hallucination, et quand celle-ci prend fin, il devient objet de déception.

Rivalité et ambivalence

L'enfant a besoin du père mais il ne le sait pas. D'ailleurs, dans un premier temps, il rêve de s'en débarrasser parce qu'il l'empêche d'avoir sa mère tout à lui. À l'issue du conflit œdipien, il accepte pourtant d'être vaincu et reconnaît que son père est bien le plus fort. De là, une admiration qui n'est jamais dénuée d'ambiguïté ni d'envie : l'enfant veut s'approprier sa force et ses compétences pour devenir comme lui, dans l'idée de le battre un jour et de prendre enfin une place que le père n'entend pas lui céder si facilement. Alors, décidément, entre père et fils surtout, il y a de la rivalité dans l'air. Elle commence au tout début de leur histoire, s'exacerbe ou s'apaise selon les moments, mais s'éteint-elle jamais ?

Compétition à la loyale

Louis, 11 ans, est issu d'une famille recomposée qui se décompose à nouveau. Il a deux demi-frères nés d'une première union de son père et une demi-sœur née d'une première union de sa mère. Seul enfant du couple recomposé, il se vivait comme enfant unique, le seul susceptible de faire tenir le couple parental. Il se croyait plus fort que ses demi-frères et sœur dont il parle avec mépris. Depuis la séparation, Louis se sent isolé au sein de sa fratrie qu'il ignorait et dont il semble à présent réclamer le soutien. Il souffre de gros troubles du sommeil et refuse catégoriquement de voir son père. « Je ne l'aime pas, je n'ai rien à faire avec lui. De toute façon, il ne s'est jamais occupé de moi », assène-t-il d'emblée. Sa mère dément aussitôt. D'après elle, au contraire, le père a toujours été plus présent et plus attentif avec Louis qu'avec ses deux aînés, dont il partageait la garde avec son ex-femme. Il se montre désireux de continuer à voir son fils, souffre d'être ainsi rejeté, mais à chaque fois leurs rencontres tournent mal : Louis ne dit pas un mot, refuse tout ce que son père lui propose, répète qu'il est mieux chez sa mère… laquelle ajoute qu'à présent Louis est sans cesse collé à elle, se montre exigeant, pour ne pas dire tyrannique.

Aussi douloureuse qu'ait pu être la séparation de ses parents, elle offre pourtant à ce garçon quelques bénéfices secondaires dont il entend bien profiter, en l'occurrence une petite régression œdipienne.

Rappelons que l'enfant, entre 3 et 6 ans, traverse une période très particulière, celle du fameux complexe d'Œdipe, essentielle à sa structuration psychique. Il éprouve du désir pour le parent de l'autre sexe et rêve d'éliminer le parent du même sexe, alors considéré comme un(e) rival(e) dont la présence l'empêche de parvenir à ses fins. Mais le souhait de se débarrasser de son rival fait naître en lui un fort sentiment de culpabilité et la crainte inconsciente que ses parents ne répondent en écho à ses désirs d'élimination par une agressivité égale à la sienne. Pour échapper à cette situation de rivalité angoissante, l'enfant n'a pas d'autre choix que de renoncer à son amour impossible et de s'identifier à son parent rival. Selon qu'on est une fille ou un garçon, l'œdipe est un peu différent. Pour le garçon, en effet, la mère représente le premier objet d'attachement, il souhaite avoir son amour exclusif, l'épouser et lui « donner » un enfant. Mais la présence du père l'empêche de réaliser son souhait, c'est pourquoi il éprouve des sentiments ambivalents à son égard, de la jalousie et de l'agressivité notamment, pouvant aller jusqu'à des vœux de mort. La crainte du châtiment du père (l'angoisse de castration, disent les psychanalystes) l'oblige à renoncer peu à peu à son rêve impossible. Pour la fille aussi, la mère est bien le premier objet d'attachement. Et, comme le garçon, elle rêve d'avoir son amour rien que pour elle ; mais elle souhaite également, de façon tout à fait inconsciente, que sa mère lui donne le pénis qu'elle n'a pas et lui fasse un enfant, même si elle pressent que ce n'est pas exactement ainsi que se passe la sexualité. Déçue par sa mère qui ne peut pas lui offrir ce qu'elle attend, elle se tourne alors vers le père, plus à même de combler ses vœux, et entre en rivalité avec celle dont elle veut prendre la place. Parce que le père ne répond pas à ses attentes, elle finira par accepter sa castration et se tournera de nouveau vers sa mère.

À la fin de la période œdipienne, pour la fille comme pour le garçon, la relation duelle avec la mère « archaïque » de la petite enfance sera définitivement terminée et chacun tiendra compte des liens qui unissent ses deux parents. Le « deux » de la relation des toutes premières années est désormais remplacé par le « trois » de la relation père-mère-enfant, qui est fondatrice du groupe social. L'interdit de l'inceste est intégré ; deux générations coexistent à présent et elles ne peuvent en aucun cas se mélanger. Le père (re)devient alors objet d'admiration pour les enfants des deux sexes. Mais, plus encore que la fille, le petit garçon oublie-t-il jamais qu'il a été son rival ? Non, inconsciemment, son père reste l'homme à abattre, et il se construit avec une idée en tête : « Un jour, je serai plus fort et meilleur que lui. » Pour y parvenir, il devra le vaincre, autrement dit le tuer symboliquement. Plus tard.

En effet, la latence des pulsions sexuelles permet un apaisement des relations ; l'affrontement se pacifie et la rivalité prend plutôt les allures d'une compétition dont on aimerait croire qu'elle souscrit toujours aux principes fondamentaux de l'olympisme qui exige « la compréhension mutuelle, l'esprit d'amitié, de solidarité et de fair-play » … La réalité est évidemment moins idyllique, plus nuancée, mais l'enfant sait qu'il a beaucoup à apprendre de son père-héros.

Hélas, la puberté viendra bientôt bouleverser l'harmonie. Au début de l'adolescence, les pulsions dictent à nouveau leur loi et l'on observe une reviviscence des fantasmes œdipiens, auxquels l'adolescent renoncera pour se tourner vers des partenaires de sa génération.

Louis est encore un peu jeune pour cela, mais la séparation de ses parents provoque en lui un mouvement régressif : le père-héros lui apparaissant comme défaillant du fait de la rupture, il le rejette, sans se rendre compte que son rejet traduit en fait une adhésion à l'image paternelle puisqu'il prend la place du père auprès de sa mère.

Comment l'aider à sortir de cette fusion qui l'empêche de grandir ?

Heureusement pourrait-on dire, voilà que son père est muté en Corse, près d'un bord de mer extraordinairement poissonneux. Or la pêche est une activité que père et fils pratiquaient ensemble avant la séparation. Les vacances vont donc offrir à Louis la possibilité de renouer des liens avec son père, ce qui me semble la meilleure thérapie possible pour l'aider à se détacher de sa mère. Il n'y a rien de tel, en effet, qu'une activité partagée pour tricoter une reconnaissance de l'image paternelle : le père initie le fils, lui transmet son savoir et son savoir-faire, lui permet de progresser, l'encourage, l'invitant ainsi à marcher dans ses pas. L'activité commune soude, tisse des liens particuliers, ancre une complicité, une connivence. Mais, on aurait tort de l'oublier, elle présente un autre avantage, et non des moindres : elle sert de cadre idéal pour un affrontement à la loyale, une compétition où père et fils ne vont cesser de se mesurer l'un à l'autre. Louis doit se servir de l'hameçon pour ferrer ce poisson pas comme les autres qu'est son père. L'occasion est trop belle de l'accrocher pour mieux pouvoir le combattre.

Héros et rival ne font qu'un. L'enfant veut devenir comme le premier, s'approprier sa puissance pour mieux battre le second. Le père, lui, sait toujours qu'il finira par être vaincu, parce que telle est sa destinée. Mais auparavant il doit tenir sa place et ne pas déposer les armes avant que l'affrontement ait eu lieu.

La scène se passe à la terrasse d'un café. À une table voisine, un couple et leurs deux petits garçons. L'aîné ne tient pas assis, court sur la petite place dont il fait et refait le tour avec le plus jeune à ses trousses qui enrage de ne jamais gagner. Après avoir réclamé sans conviction un peu de calme, le père s'en mêle, décide de faire la course avec l'aîné, qui ne doit guère avoir plus de 6 ans. « Trois, deux, un… partez ! » et le père se laisse complaisamment dépasser par son fils qui gagne à chaque tour, chaque victoire ne faisant que renforcer son excitation. « Oh ! comme tu es fort, applaudit le papa, tu cours bien plus vite que moi ! »

Voilà un père qui est dans une attitude de séduction : il veut plaire à son fils pour s'en faire aimer. Il souhaite sûrement l'encourager, lui donner confiance en lui et en ses capacités, mais par cette attitude érotisée, il ne met aucune limite à la toute-puissance infantile du petit. Or, c'est bien son rôle d'y mettre un frein afin de lui offrir un cadre qui, s'il est source de frustration et paraît contraignant, est surtout très rassurant : certes, il est douloureux de ne pas pouvoir tout faire, mais cette douleur n'est rien comparée à l'angoisse de celui qui croit qu'il peut tout et ne réussit jamais à se trouver.

Si, d'entrée de jeu, l'enfant bat son père, que lui reste-t-il ? Comment le perçoit-il ? Chez qui trouvera-t-il l'image du héros qui lui donnera l'envie de progresser ? Même s'il sait que le combat est perdu d'avance, le père doit s'y livrer, c'est son devoir, et signifier à l'enfant qu'il ne se laissera pas vaincre si facilement, mais que, si ça arrive, il n'en mourra pas.

Un champion de tennis à qui je demandais quels étaient ses meilleurs souvenirs d'enfance me répondit sans hésiter : « Quand je disputais des matchs contre mon père et que je n'arrivais pas à lui prendre un seul set ; ça m'énervait mais ça me donnait un but auquel je voulais parvenir à tout prix. »

Fils de...

Thibault, 18 ans, est le fils unique d'un riche industriel du sud de la France. Son père rêve qu'il lui succède à la tête de son petit empire mais il souhaite qu'il suive auparavant un cursus universitaire, afin de s'initier aux rudiments du commerce et du management. Hélas, les résultats scolaires de Thibault sont plus que médiocres et il montre peu de goût pour les études en particulier et pour tout ce qui demande un effort en général. Rien ne semble l'intéresser vraiment, excepté les signes extérieurs de richesse dont il jouit depuis sa naissance et qui lui paraissent être un dû – en témoignent les vêtements et la montre qu'il arbore, de marques choisies, et le discours qu'il tient sur l'argent et la vie « cool » (*sic*).

Durant la consultation, il est difficile d'accrocher Thibault qui me regarde, comme il regarde le monde, avec une indifférence ostensible où pointe le mépris.

Je pense tout d'abord que le fils se saborde pour mettre son père en échec. Il est en effet assez fréquent de voir certains adolescents consacrer toute leur énergie à échouer, non seulement parce que cela leur paraît plus facile que de réussir, mais parce que cela leur permet d'attaquer leur père et sa réussite. C'est ainsi que, de façon assez remarquable et inconsciente, les enfants d'instituteurs se mettent en échec scolaire, les enfants d'avocats ou de juges peuvent flirter avec la délinquance, les uns et les autres se démarquant de leur père en l'attaquant sur son point fort dont ils font leur point faible.

Je vais m'apercevoir que ce n'est pas le cas de Thibault. Lorsque je lui demande comment il envisage son avenir, comment il espère pouvoir diriger l'empire paternel, il répond simplement : « J'aurai tout ça parce que je suis le fils de mon père. » Réponse tragique ! J'aurais préféré qu'il dise : « Je ne veux pas faire d'études supérieures, c'est son idée, pas la mienne ; je me fiche de reprendre son affaire, j'ai envie d'autre chose ; je ne suis pas celui qu'il voudrait que je sois », signe qu'il serait dans une position plus œdipienne de rivalité et d'affirmation de soi. Mais Thibault se moque de ce que lui dit son père, il ne réfléchit même pas. Il n'est ni dans l'opposition ni dans l'identification ; il pense que tout lui revient de droit, qu'il n'a pas à faire ses preuves, que la réussite se transmet, comme si elle était inscrite dans le code génétique. Il n'a pas besoin de devenir, puisqu'il est sincèrement persuadé qu'il est déjà, par la seule grâce de sa naissance. Il n'a pas à se mesurer au père, puisqu'il se considère comme son égal.

Je pense, pour ma part, que Thibault n'a pas les capacités cognitives et intellectuelles pour suivre les études dont rêve son père. Néanmoins, celui-ci a raison de vouloir qu'il montre de quoi il est capable au lieu de lui céder son empire au seul prétexte qu'il est son fils. Il semblerait donc plus judicieux que Thibault se forme « sur le tas », employé dans l'entreprise paternelle, mais au bas de l'échelle, à la manutention par exemple, et qu'il franchisse peu à peu toutes les étapes de la hiérarchie. À cette idée, Thibault se cabre…

L'opération centrale de la construction de l'enfant est l'identification. Identification aux parents d'abord, premiers modèles auxquels d'autres viendront peu à peu s'ajouter : nounou, enseignant(e), parrain, pairs… Bien évidemment, l'identification ne se fait pas seulement entre sujets du même sexe et, pour devenir garçon, on a besoin de puiser chez son père et chez sa mère des traits masculins et des traits féminins, de même que la fille a besoin de ses deux parents pour affirmer son sexe féminin. L'identification, ce n'est pas seulement « être comme », c'est aussi se montrer différent. Différenciation et opposition étant des formes d'identification en creux, puisqu'il s'agit toujours de se positionner par rapport à un modèle de référence.

Exercer le même métier que son père peut être considéré comme le signe d'une identification réussie. Rappelons ici que, lorsqu'on demande aux petits enfants quel métier ils rêveraient d'exercer plus tard, la plupart des garçons se voient pompier ou policier, la plupart des filles s'imaginant encore institutrice ou infirmière, les uns et les autres illustrant ici une différenciation des sexes encore en vigueur : aux hommes, la puissance ; aux femmes, la communication et le soin aux autres – ce qui, sans doute, ne manquera pas d'évoluer dans les décennies à venir qui verront, on l'espère, plus de femmes accéder à des métiers jusqu'ici réputés masculins, et inversement, plus d'hommes accepter de se tourner vers des métiers dits féminins.

Au-delà de ces rêves un peu stéréotypés, lorsque l'enfant grandit, il n'est pas rare qu'il s'imagine exerçant le même métier que ses parents. Certains font en sorte que le rêve devienne réalité puisque 1 garçon sur 3 exerce la même profession que son père. Se pose la question de savoir s'il s'agit d'un choix mûrement réfléchi ou d'une solution de facilité – les deux n'étant d'ailleurs pas incompatibles. Un fils peut en effet avoir le désir de perpétuer une tradition de famille, comme pour mieux s'inscrire dans l'histoire de celle-ci, et de marcher dans les traces de son père.

Dans tout cela, le père joue bien évidemment un rôle actif. C'est lui qui, dans un premier temps, va initier son enfant aux plaisirs de son métier avant de l'autoriser, voire de l'encourager, dans un second temps, à l'exercer et à s'y faire sa place. Il accepte d'autant mieux un choix qui le flatte et dans lequel il voit la preuve, presque irréfutable à ses yeux, qu'il a été un « bon » père. Et, en effet, quel est le rôle d'un père digne de ce nom ? Selon certains auteurs, il tient en deux mots : séparer et transmettre. Séparer de la mère et transmettre : son patrimoine génétique ; l'ouverture à l'autre, au monde et à ce qu'il offre ; des valeurs morales, culturelles ou religieuses, dont il est le représentant ; une mémoire familiale. Réussir à transmettre son goût pour son métier et les valeurs qui s'y rattachent, ce n'est donc pas rien. Le père peut en être fier…

D'une certaine façon, les « fils de » jouent sur du velours, car la voie est pour eux toute tracée : à peine entrent-ils dans la vie professionnelle qu'ils ont déjà un nom, parfois des locaux et une équipe à leur disposition, et bénéficient d'une organisation et d'un réseau bien en place. Certaines études britanniques montrent à ce sujet que les fils d'avocats, de médecins et d'acteurs ont une carrière qui progresse plus vite que celle de leurs camarades de promotion dont le père exerce une autre profession. Au-delà de la facilité évoquée plus haut, ces « fils de » auraient en quelque sorte l'exercice du métier dans les gènes et en connaîtraient déjà certaines ficelles.

La facilité n'a pourtant qu'un temps car, s'ils veulent exister et durer, loin de se contenter d'avoir un nom, les « fils de » vont devoir se faire un prénom et l'imposer. S'ils ne doivent pas créer leur entreprise, leur cabinet d'avocats ou leur cabinet médical, il faut pourtant qu'ils puissent créer quelque chose afin de ne pas se contenter d'être un clone, toujours éclipsé par l'ombre du père. « Ce que tu as hérité de tes pères, afin de le posséder, gagne-le », écrivait Freud, reprenant Goethe. Rien n'est acquis, et l'enfant, toujours en dette vis-à-vis de ses parents, doit jouer un rôle actif pour se réapproprier ce qui lui a été transmis et pouvoir exister par lui-même.

Alors, le doute point : l'identification si réussie en apparence ne sert-elle pas à rejouer une rivalité qui a du mal à prendre fin ? Dans le combat qui les oppose depuis toujours, parfois larvé, parfois au contraire meurtrier, l'égalité est-elle possible entre un père et son fils ? Il faudrait être bien naïf pour le croire ! Chacun possède des qualités que l'autre n'a pas – au père l'expérience, au fils la jeunesse et l'audace qui l'accompagne souvent –, qui sont autant de différences dont la rivalité se nourrit. Le film de Laurent Cantet *Ressources humaines* montre ainsi un fils nommé directeur des ressources humaines dans une entreprise où travaille son père, qu'il va être obligé de licencier peu après son entrée en fonctions. La tâche n'est pas facile, loin s'en faut, mais elle est nécessaire. Le destin des pères est d'accepter d'être vaincus un jour. Le destin des fils est de réussir à tuer symboliquement leur père, pour devenir des hommes.

L'un hait l'autre

Arnaud, 18 ans, a des idées suicidaires mais, heureusement, il n'a encore commis aucun passage à l'acte. Lorsque je le vois avec ses parents, il parle peu, se bornant à répéter qu'il en a assez de vivre « parce que la vie est laide ».

Le père, ancien polytechnicien, est chef d'entreprise. Agrégée de lettres classiques, la mère a finalement préféré se consacrer à la musique et est harpiste dans un orchestre. Le premier est d'un abord direct et sympathique ; la seconde est beaucoup moins volubile et de sa personne émane une tristesse presque palpable. Je me demande aussitôt si elle n'a pas transmis cette note mélancolique à son fils, d'autant que dans tout ce que me raconte cette famille dans un premier temps, rien n'explique la dépression d'Arnaud, survenue de façon brutale et sans raison apparente.

L'histoire va s'éclairer quelques consultations plus tard, alors que je suis seul avec les parents. Cette fois, c'est la mère qui parle. Leur vie est « un enfer, insupportable, monstrueux ». Voilà un an maintenant, son mari est tombé amoureux d'une jeune fille de 17 ans qui se trouve être la fille d'un de ses plus vieux amis, de la même promotion de l'X que lui. Mais, pour vivre son histoire impossible, il use d'une autorité abusive et rend sa femme et son fils complices de sa conduite. Ils invitent la jeune fille en week-end ou pour les vacances, sous prétexte qu'elle est devenue au fil des années amie de leur fils, et le père s'en va avec elle, plantant sa famille en lui intimant l'ordre de ne rien dire de tout ça, sans quoi il pourrait être mis en examen et poursuivi.

L'histoire est ici quelque peu outrée, mais elle est construite sur un scénario assez banal : un père vieillissant tente de retrouver un semblant de jeunesse en s'offrant des émois de jouvenceau avec une femme du même âge que ses enfants, quand ce n'est pas plus jeune.

Certains rétorqueront que l'amour n'a pas d'âge et se moque de la raison… Il n'empêche que le père se met alors en rivalité directe avec ses enfants et abolit la différence des générations, dans une position que l'on pourrait qualifier d'incestuelle[1].

Voilà en tout cas qui vient prouver, si besoin en était, que la rivalité père/enfant – et plus encore père/fils – n'est pas à sens unique, mais se joue à deux.

1. On parle de mode de relation incestuelle lorsque les attitudes, les regards, les mots sont sous-tendus par des pensées et des fantasmes incestueux. Cependant, il n'y a pas de passage à l'acte dans la réalité, pas d'abus sexuel à proprement parler.

Lequel des deux donne le ton ? Je recevais l'autre jour un papa d'une semaine. Il s'était beaucoup impliqué durant la grossesse, avait accompagné sa femme à tous ses rendez-vous, avait aménagé la chambre de l'enfant pour éviter à la future mère une fatigue supplémentaire, avait comblé toutes ses envies de femme enceinte… Il était devant moi, si heureux, si fier, et me racontait qu'il avait insisté pour dormir à la maternité les trois premières nuits, afin d'aider et de soutenir sa femme… mais pas seulement. « J'ai peur d'être exclu, avouait-il. C'est si étrange de l'entendre dire au bébé des mots qui m'étaient jusque-là réservés… » Le père le plus attentionné du monde peut ainsi être un père inquiet de perdre sa place et les prérogatives qui vont avec. De façon plus ou moins consciente, il éprouve à l'égard du bébé à naître des sentiments ambivalents. C'est *son* enfant, objet de projections glorieuses, mais c'est aussi celui qui, dès sa conception, focalise une grande partie de l'attention et des préoccupations de sa femme. Un rival, en somme, par lequel il n'entend pas se laisser évincer si facilement. Alors, il résiste, s'interpose entre la mère et l'enfant, s'impose en héros aux yeux du second. Mais il connaît la fin de l'histoire et, mieux encore, il la souhaite. En effet, tous les pères ont envie que leur fils réussisse à les dépasser un jour, du moins consciemment. Bien évidemment, les choses se compliquent avec l'inconscient, et les désirs se font moins francs, moins avouables. Certains, particulièrement narcissiques, ne supportent pas d'être vaincus. Ils refusent de renoncer à la puissance qui a été la leur autrefois, que leur fils leur a prêtée en attendant de la reprendre à son compte.

Non sans perversité, le père d'Arnaud va même jouer de sa puissance en maintenant son fils dans une position d'enfant sans défense, qui n'a d'autre choix que de se plier à la volonté paternelle.

Admettons que les pères ont le droit de faire ce qu'ils veulent et de mener la vie qu'ils souhaitent une fois que leurs enfants sont grands et ont construit leur propre existence. Ce n'est pas le cas ici. Non seulement Arnaud vit encore avec son père, mais celui-ci, coupable de détournement de mineure et passible de poursuites judiciaires, exerce sur lui une sorte de chantage afin qu'il l'aide à couvrir son forfait, lui imposant le silence au nom de sa propre jouissance. Arnaud pourrait-il prendre le risque de le dénoncer ? C'est impossible, son père le sait, car en l'envoyant en prison, il réaliserait le fantasme d'Œdipe : il tuerait son père pour de bon quand ce meurtre doit rester dans le registre du symbolique. Chacun est libre de haïr son père, mais l'interdit du parricide, fondateur de toute société humaine, empêche de mettre en acte les pulsions meurtrières sous-tendues par la haine. Le père joue de cela et provoque son fils.

En jetant son dévolu sur une de ses amies, il se pose en rival. Jaloux des possibles conquêtes d'Arnaud, qu'il n'a pas eues ou qu'il n'a plus, il va chasser sur ses terres pour mieux affirmer son pouvoir, lui barrant ainsi l'accès à la sexualité. Refusant de vieillir, ce père nie le temps qui passe et le dépouille de ses atours en le rapprochant de la mort. Il nie son fils que, par son attitude, il fragilise et prive de tout moyen de réaction. Il lui vole sa partition, se substitue à lui, prend sa place. Il le dépossède de sa vie. Il l'efface quand il devrait s'effacer de lui-même. Inversant les rôles, il le tue symboliquement pour se donner le sentiment d'exister.

Les héros ont la vie courte…

… et les pères doivent un jour se résoudre à redevenir les hommes qu'ils n'ont jamais cessé d'être. Malheur à ceux qui ont été dupes de l'image héroïque qu'ils voyaient dans les yeux de leur enfant au point de la croire réelle. Pour eux plus encore que pour les autres, plus dure sera la chute. Car l'enfant devenu adolescent s'emploie inlassablement à faire redescendre son héros du piédestal où il l'avait installé. Il l'attaque, le critique, lui reproche tout et son contraire, les qualités qu'il lui prêtait hier devenant autant de défauts. Du héros, il ne reste rien. Zorro n'est plus qu'un zéro.

Sale période pour les pères qui savent qu'ils seront bientôt tués symboliquement, mais période nécessaire pour l'adolescent, même si sa déception est immense. Finalement, il est plus facile de s'identifier à un homme…

Pour en finir avec l'idéalisation

Valentin est un garçon sympathique, intelligent et vif, mais il présente des troubles du comportement, est en conflit ouvert et permanent avec son jeune frère, ce qui rend la vie familiale difficilement supportable, et il met en péril sa scolarité plutôt bonne par ailleurs du fait de ses grandes compétences.

Ses parents se sont séparés il y a quelques années déjà, mais ce garçon de 15 ans demeure dans l'illusion qu'ils peuvent revivre ensemble, illusion d'autant plus facile à entretenir que ni le père ni la mère ne se sont remis en couple.

Ses troubles sont apparus l'année précédente, qu'il est allé passer aux Antilles où vit son père depuis la séparation. Au collège, il était toujours en conflit avec ses camarades, allant jusqu'aux batailles physiques, ce qu'il explique en disant qu'il était victime de racisme parce qu'il était blanc.

L'expérience tant attendue a donc tourné court, Valentin a quitté les îles et son père pour regagner la métropole. Mais voilà que revenu dans notre région ensoleillée, ses comportements agressifs réapparaissent, et il prétend à présent qu'il est en proie à un racisme antiparisien, puisque sa mère est originaire de la région parisienne.

Valentin illustre le parcours de nombreux enfants de parents divorcés. Son père s'éloignant après la rupture, il ne le voit que rarement, lors des vacances. Le reste du temps, il vit dans une idéalisation de l'image paternelle, facile à préserver puisqu'elle ne se heurte pas aux petites misères du quotidien.

Comme c'est souvent le cas, parvenu à l'adolescence, il éprouve le besoin de se frotter à ce père lointain, pour faire en quelque sorte plus ample connaissance avec lui, essayer de superposer l'image et la réalité en espérant qu'elles se confondent. Sans doute entre-t-il aussi dans ce souhait une bonne part de fantasme : puisqu'il commence à s'opposer à sa mère qu'il trouve trop envahissante, il imagine une vie plus agréable chez son père qui saura le considérer comme l'adolescent qu'il est devenu. Mais alors qu'il espère compréhension, empathie, complicité, il se heurte à l'autorité naturelle du père qu'il supporte d'autant moins. De plus, il n'est pas interdit de penser que, lorsqu'il voit son père « en vrai », lorsqu'il est confronté à lui au quotidien, l'image idéale se lézarde d'un seul coup. « Quoi ? Mon père, c'est "ça" ? »

La désillusion est cruelle, parfois même insupportable. Mais Valentin ne peut pas attaquer d'emblée ce quasi-inconnu. Il lui manque l'intimité du vécu infantile, la proximité, qui autorise la démolition.

Alors, parce qu'il ne parvient pas à s'attaquer à lui, Valentin s'attaque aux autres, personne ne trouvant grâce à ses yeux. Indirectement, il s'attaque lui-même, en sabordant sa scolarité, comme s'il voulait se punir d'avoir imaginé un père qui n'existe pas ailleurs que dans ses rêves.

De retour chez sa mère, il continue pourtant à se montrer agressif, querelleur, en conflit avec ses pairs et avec son jeune frère, s'efforçant ainsi, bien malgré lui, de jouer le conflit qui devrait l'opposer à son père – conflit indispensable durant lequel il va s'opposer au père de la réalité pour se détacher du père idéalisé et se mettre ainsi en position d'avenir. Mais ce conflit porte autant sur le réel que sur l'imaginaire. Répétons-le, l'adolescent reproche à son père ce qu'il est, et plus encore ce qu'il n'est pas et qu'il a cru apercevoir autrefois. De son côté, si le père a pu croire que l'enfant finirait par devenir celui, idéal, qu'il avait imaginé durant la grossesse, l'adolescent qui s'affirme met un terme définitif à ce rêve ; c'est pourquoi lui aussi lui reproche tout à la fois ce qu'il est et ce qu'il n'est pas. Chacun voudrait que l'autre soit un miroir lui renvoyant une image flatteuse, or l'image n'en finit pas de se fissurer. Père et fils savent que, dans le fond, ils se déçoivent mutuellement. Le premier supporte mal de retrouver chez le second les fragilités qui sont les siennes et qu'il l'avait chargé de réparer.

Le fils, pour sa part, attaquera plus volontiers chez son père les défauts qui sont les siens, ce qui est plus confortable que de s'attaquer soi-même. Dans cette période de doute et de vulnérabilité qu'est l'adolescence, l'autocritique est trop complexe et trop risquée ; il vaut mieux douter de l'autre qui nous a élevés et ne nous a pas faits tels que nous rêvions d'être.

Pour que le conflit prenne fin, le père doit faire le deuil d'un enfant idéal afin d'aimer l'enfant réel qui n'est ni tout à fait lui ni tout à fait son contraire ; et le fils doit faire le deuil d'un père idéal, présent, puissant. C'est de ces deux deuils symboliques que dépend la capacité de différenciation de l'un et de l'autre.

Pour sa part, Valentin semble prisonnier d'une idéalisation de l'image paternelle dont il pressent qu'elle doit prendre fin. Se sentant impuissants face à sa conduite, les parents envisagent un placement en internat, lieu tiers neutre qui lui permettrait d'être à distance de sa famille décomposée dont il n'arrive pas à recoller les morceaux. Mais cette solution ne me paraît pas la plus souhaitable dans son cas, d'autant que les grands-parents maternels se sont dits prêts à l'accueillir. Voilà pour lui l'occasion rêvée de retrouver la famille traditionnelle que, comme tous les adolescents, il place au-dessus de tout.

Toujours investi par la mère d'une fonction d'autorité – fonction phallique, diraient les psychanalystes – évidente, le grand-père maternel représente *a priori* un support identificatoire possible et peut se révéler un allié précieux. Il n'est pas le père mais il resitue l'adolescent dans la succession des générations et représente un rempart à la toute-puissance, réelle ou imaginaire, que celui-ci accorde à sa mère. N'ayant plus à prouver qu'il est un bon père, il a moins d'exigences éducatives, fait preuve de davantage de bienveillance et de compréhension, mais l'autorité que lui confère son âge s'impose d'elle-même à l'adolescent qui pourra la contester et s'y opposer. Valentin réussira ainsi à exprimer la conflictualité qu'il ne pouvait dépasser jusque-là.

La pratique clinique n'en finit pas de montrer que, si l'agressivité contre le père n'est pas verbalisée, elle se retourne toujours contre l'adolescent. C'est aussi le cas pour Florian, 13 ans, qui me paraît en grande souffrance. Isolé, replié, il ne se mélange plus aux jeunes de son âge, ni dans la cour de récréation ni en dehors, préférant rester seul chez lui, sans rien faire. Depuis quelques mois, il semble tout désinvestir : non seulement les copains, mais aussi l'école et le sport qu'il pratiquait pourtant avec passion.

Ces symptômes dépressifs sont apparus quelques mois plus tôt, au moment de la mort de sa grand-mère paternelle. En parlant avec lui, je comprends rapidement que ce n'est pas cette perte qui l'a traumatisé, mais le fait que, depuis, son père s'occupe beaucoup de son propre père, gravement malade.

L'histoire familiale de Florian est lourde, peuplée d'inconnus et d'absents.

Son père a perdu sa sœur aînée dans un accident de voiture, mais il a fait l'impasse sur son existence et se déclare enfant unique, comme son propre fils.

D'origine espagnole, sa mère a perdu un frère lors d'une fusillade quand elle était très jeune. À la suite de ce drame, sa grand-mère maternelle, diabétique, est devenue aveugle et a été amputée, avant de mourir, suivie de près par son mari qui s'est laissé dépérir. De cette famille maternelle, il ne reste que trois oncles, que Florian ne connaît pas car ils n'ont jamais accepté l'union de leur sœur.

Les parents ont longtemps vécu ensemble avant d'officialiser leur union. Florian est né un an après leur mariage, mais la mère a alors traversé une longue période dépressive avec plusieurs hospitalisations. Elle s'en est sortie grâce à un soutien psychothérapique et des médicaments, mais elle reste fragile et connaît de temps à autre des épisodes de décompensation psychologique. L'un d'eux a été marqué par une agressivité telle que le père a perdu pied et demandé à son fils d'appeler la police. Si, malgré tout, Florian a grandi sans problèmes majeurs, c'est grâce à la solidité de son père, toujours présent.

Rappelez-vous l'histoire de la maison entourée d'un jardin délimité par un enclos dans laquelle l'enfant se construit. Dans l'idéal, les murs de la maison et la barrière de l'enclos sont également solides ; mais il arrive que les murs soient fragiles et ne réussissent à tenir que grâce à la barrière. La solidité et la protection jouent en quelque sorte par ricochet : l'enfant s'appuie sur la mère qui s'appuie sur le père ; le père protège la mère qui protège l'enfant. Si donc le père semble parfois avoir un rôle subalterne, on s'aperçoit de son importance si d'aventure la mère est empêchée de tenir le sien.

C'est ce qui se passe pour Florian. En prenant soin de la mère qui monopolisait une bonne part de ses préoccupations, le père prenait indirectement soin de son fils, en tout cas, cela suffisait pour que celui-ci se sente rassuré et protégé. Mais l'éloignement du père laisse soudain transparaître la fragilité des murs, révélant ainsi la fragilité de Florian. Il se découvre démuni. Il se sent seul et, plus encore, presque trahi par son père qui l'abandonne. Peut-il lui reprocher de s'occuper de son propre père, veuf et malade ? C'est bien le rôle des enfants devenus adultes que de devenir les parents de leurs parents, plus dépendants du fait de la vieillesse ou de la maladie ; le père de Florian joue donc son rôle de fils.

Le moment où l'enfant, quel que soit son âge, prend conscience que son père, avant de l'être, a été un fils, est toujours très structurant puisque cela lui permet de s'inscrire dans une chaîne de générations dont il est l'un des maillons et d'avoir accès à une mémoire familiale. Le monde s'élargit alors : il n'est pas réduit à son père et à lui, puisqu'il y a eu avant eux d'autres pères et d'autres fils, et cela depuis la nuit des temps… L'enfant se découvre issu de cette longue chaîne, ce qu'il savait généralement à travers les livres, mais là, c'est différent, cela prend sens et corps tout à la fois. Le voilà en dette par rapport à toutes ces générations antérieures et, plus encore, par rapport à ses parents qui lui ont donné sa place dans le monde. Mais cette dette est en partie liée à la culpabilité : parce qu'il a rêvé de les tuer symboliquement, il se sent monstrueux, indigne, et cherche à se « racheter une conduite » en faisant quelque chose pour eux, afin de s'acquitter un peu de sa dette avec laquelle il n'en aura jamais terminé.

Réaliser que son père a été un fils ne le destitue pas de sa position et ne lui retire pas ses qualités. Et lui reprocher de s'occuper de ses parents qui ont besoin de lui se révèle difficile puisque c'est précisément là son rôle de fils. C'est pourquoi Florian a du mal à s'attaquer à son père, du moins sur ce plan-là. À son âge, il devrait pourtant commencer à se détacher de ses parents, mais il se heurte à une double difficulté : il ne peut pas attaquer sa mère, psychiquement fragile ; il ne peut pas davantage attaquer son père qui a été jusque-là sa seule protection. Pour lui, tous les rôles se brouillent soudain : son père, qui occupait une position un peu maternelle par la force des choses, n'est plus tout à fait son père puisqu'il devient celui de ses parents. Il a le sentiment de perdre son père et un peu de sa mère tout à la fois, et se sent en rivalité inconsciente avec ce grand-père qui prend sa place, au moins en partie. De plus, en l'absence du père, il se sent davantage responsable de sa mère.

D'une certaine façon, il a toutes les raisons d'en vouloir à son père, mais c'est tout juste s'il s'autorise à se l'avouer à lui-même. Il a d'autant plus de difficultés à le critiquer que c'est grâce à lui qu'il tenait et qu'il ne peut pas se tourner vers sa mère pour pallier la défaillance paternelle. Et pourtant, durant les conflits adolescents, la présence de cette dernière est essentielle. Elle est elle aussi l'objet d'attaques toutes personnelles, mais elle apparaît comme médiatrice dans le face-à-face père-fils ou père-fille. Retrouvant le rôle de syndicaliste que nous évoquions au début, elle sait qu'elle ne doit pas empêcher le conflit, mais elle essaie de calmer le jeu, de raisonner les deux parties, de les aider à prendre un peu de distance, afin que cela ne dégénère pas. La mère de Florian est incapable de médiatiser le conflit avec son père, qui est le seul garant parental ; et le garçon ne peut pas se tourner vers un autre membre de sa famille – les deux branches paternelle et maternelle étant pareillement décimées –, ni même vers quelqu'un de son entourage proche car son père, sa mère et lui vivaient en vase clos. Il lui faudra une thérapie pour réussir à prendre conscience de son agressivité, afin de la remobiliser et de l'adresser à celui qui en est l'objet : son père et non lui-même. Florian me confirme dans l'idée que les adolescents déprimés sont ceux qui ne réussissent pas à accuser leur père de ses incompétences et de ses incapacités, et se remettent en cause eux-mêmes, s'accusant de tous les défauts qu'ils devraient lui imputer. À l'adolescence, le père doit être un punching-ball.

Trouver la faille

Pierre est un jeune homme très intelligent qui souffre d'un important trouble de l'estime de soi, se traduisant par une inhibition accompagnée de troubles phobiques, avec isolement et anxiété. À 19 ans, il vient consulter parce que, dit-il, il est « toujours stressé par le regard des autres » sur lui. Cela a commencé quand il était en 6e, mais il a réussi à le dissimuler et à composer avec, sans jamais en parler à quiconque. Depuis quelque temps, cette crainte se double de symptômes physiques : vertige, transpiration, peur irraisonnée… tellement invalidants qu'il n'a pas pu continuer ses études de médecine. Il a échoué en fin de première année et refuse de recommencer.

Sa mère, discrète, plutôt effacée, avoue presque à contrecœur qu'elle est mère au foyer. Le père, médecin reconnu, affiche une assurance tranquille. Il dit d'emblée qu'il n'a jamais douté de son fils qui lui donne toute satisfaction. Le discours qu'il lui tient n'a varié à aucun moment : « Ton destin t'appartient, c'est à toi de faire tes choix, d'être acteur de ta vie ; moi, je ne peux pas agir à ta place, mais je suis là pour te soutenir et t'aider si tu en as besoin. » Il pourrait lui en vouloir de son échec en médecine, être déçu de constater que son fils ne marchera pas dans ses traces comme il en avait manifesté le désir, mais il n'en est rien. « Ce n'est pas grave, il réussira ailleurs », affirme-t-il. En d'autres termes, il ne s'attarde pas sur l'échec, mais propose aussitôt un autre succès, rien ne pouvant ébranler la confiance qu'il a en son fils.

Force est de constater que cette attitude presque parfaite ne suffit pas à apaiser les craintes de Pierre. Au contraire, j'ai le sentiment que ce père modèle, par son soutien, sa tolérance et sa bienveillance, ne fait qu'attiser le trouble de l'estime de soi de son fils. Ce dernier se rapproche d'ailleurs de sa mère, davantage en empathie avec ses fragilités narcissiques, et il souffre de symptômes que l'on observe plus souvent chez les filles que chez les garçons, comme pour montrer une identification à sa mère qui traduit une impossibilité d'identification paternelle.

Pourtant, il admire son père, l'a toujours admiré, dit-il : « Il réussit tout : son métier, sa vie de famille, sa vie sociale. » A-t-il souvenir de moments particuliers où son père l'aurait déçu ? Pierre cherche quelques instants avant de conclure : « Non, je n'ai rien à lui reprocher. »

Il faut imaginer le père comme une muraille. Solide, elle protège, sert de repère, de tuteur contre lequel l'enfant peut grandir. Jusqu'au moment où, devenu adolescent, il devra franchir la muraille pour s'affirmer en tant que sujet autonome. Mais il lui est impossible de sauter par-dessus en une seule fois ; il va falloir donner des coups dedans, afin de créer des fissures, des bosses, des creux, qui vont lui servir de point d'appui pour se hisser au sommet. La muraille doit pouvoir encaisser l'assaut, se laisser entamer sans s'effondrer ni disparaître. Au contraire, elle doit rester là, moins impressionnante que l'adolescent ne l'avait imaginée, mais solide malgré tout. Et son ombre protectrice continuera de veiller sur lui.

Tout se passe ici comme si Pierre ne réussissait pas à entamer la surface de la muraille. Malgré ses qualités et ses compétences, il ne se sent pas assez fort pour l'attaquer, il ne voit même pas comment s'y prendre, ne trouve pas de prise. Face à son père, inébranlable dans son rôle de réassurance, il est toujours dans la position du petit garçon, condamné à l'admiration à perpétuité. Ses doutes, ses fragilités, ses interrogations se heurtent à une paroi trop lisse, qui en amplifie l'écho.

Le père parfait existe-t-il ? L'histoire montre bien que non, puisque sa perfection – toujours relative, cela va de soi – peut au contraire représenter un handicap pour l'enfant qui se trouve alors dans une difficulté singulière : peut-on reprocher à son père d'être trop bien ?

La relation père/enfant a parfois des allures de pièce de théâtre : chacun est à la fois acteur et spectateur, chacun doit adapter son jeu à celui de l'autre, les répliques de l'un permettant à l'autre de trouver sa voix (et sa voie). Mais, comme tous les adolescents, Pierre a besoin de jouer une sorte de drame ; son père ne l'entend pas ainsi, n'en voit pas la nécessité et continue dans le registre qui est le sien, celui d'une comédie plus légère. Le premier voudrait des éclats, des rebondissements, de l'affrontement ; le second reste dans la bienveillance, la compréhension, le soutien sans faille. La pièce ne peut pas se jouer. Faute de trouver les mots, Pierre décide de façon inconsciente de passer à l'acte en se mettant en échec, dans l'espoir de provoquer sinon la colère paternelle, du moins une inquiétude qui viendrait fissurer la muraille. Le conflit externe, qu'il espère autant qu'il le redoute (et vice versa), ne réussissant pas à s'exprimer, se retourne alors en un conflit interne qui fait naître l'angoisse.

Pour vaincre ses propres doutes et ne plus rester seul à les affronter, Pierre doit fragiliser son père. On peut considérer qu'il y parvient en échouant à sa première année de médecine, puisque son père l'emmène en consultation, signe de son inquiétude et, sans doute aussi, de sa culpabilité.

Soulignons ici que, contrairement à ce que l'on pourrait croire, la culpabilité n'est pas une caractéristique maternelle[1]. Disons plutôt, de manière un peu provocante, que la mère est une fabrique de

---

1. Je propose d'ailleurs à tous les lecteurs internautes un petit jeu fort révélateur. Il leur suffit d'aller sur Google et de taper « culpabilité paternelle » comme objet de leur recherche. Le résultat est le suivant : « Essayez avec cette orthographe : culpabilité maternelle. »

culpabilité reconnue et avouée ; le père est une fabrique de masques pour la culpabilité. Culpabilité inconsciente d'abord, car la rivalité et l'ambivalence aidant, il peut avoir des vœux ou des fantasmes de mort sur son enfant particulièrement difficiles à admettre. Mais culpabilité consciente aussi parce qu'il sait que sa tâche relève de la mission impossible, qu'il ne sera jamais à la hauteur de ce que l'enfant attend de lui – et il est bien placé pour le savoir, puisqu'il en a fait l'expérience avec son propre père. Cette culpabilité peut d'ailleurs être renforcée par sa femme qui, parfois, ne se prive pas de lui signifier qu'il n'est pas non plus à la hauteur de ses attentes à elle.

Néanmoins, la culpabilité n'a pas toujours les mêmes effets chez les mères et chez les pères. Certes, elle est également douloureuse pour les deux, parce qu'elle les remet en cause, les interroge sur les erreurs qu'ils ont pu commettre ; mais les mères sont alors plus promptes à réagir, à chercher des solutions ; tandis que les pères, prenant conscience de leur échec, semblent davantage paralysés et dans l'incapacité de s'en sortir, portant leur culpabilité comme un fardeau dont ils ne disent rien. Pour tenter de faire bonne figure, et dans l'espoir de se dégager de toute responsabilité, certains peuvent tenter d'imputer les difficultés à l'enfant seul, ou à l'enfant et à sa mère, forcément trop compréhensive et trop castratrice. D'autres se défendront peut-être en prétextant que tout ce qu'ils ont fait était toujours pour le bien supposé de l'enfant. Mais ce ne sont là que des attitudes, des masques pour garder la face.

Heureusement, on l'a dit, les pères d'aujourd'hui sont plus enclins à exprimer leurs inquiétudes et leurs craintes, à avouer leurs faiblesses. Je pense même qu'il est salutaire de les encourager à les formuler. S'ils reconnaissent leur propre culpabilité, cela permettra à la mère de mettre la sienne en sourdine, à défaut de réussir à l'éteindre complètement – ce qui ne serait pas souhaitable. En ce sens, cela contribuera à lutter contre la toute-puissance maternelle dont certains prétendent qu'elle est universelle. À l'heure où l'on parle tant de partage des tâches, de répartition des rôles sexués, il ne me paraît pas inutile de plaider pour un vrai partage de la culpabilité, reconnue et acceptée à égalité par les pères et par les mères comme inhérente à leur fonction de parents.

Le père de Pierre ne fera pas son *mea culpa*, mais sa présence en consultation montre qu'il ne se dérobe pas. Il dira d'abord qu'il croyait avoir transmis à son fils son inoxydable optimisme et sa confiance en la vie, comme si c'était inscrit dans les gènes. Au fil des rencontres, il réalisera que la confiance se construit… grâce notamment au regard du père. Il évoque le sien, intransigeant, exigeant, jamais satisfait ; lui s'est efforcé de prendre le contre-pied. Il ne perçoit pas qu'à force d'être « trop cool », comme disent les jeunes, il peut donner l'impression d'avoir désinvesti son fils. Comme si, ayant renoncé à reconnaître en lui l'enfant idéal dont il rêvait, il ne faisait plus aucune projection sur lui : Pierre peut bien faire ce qu'il veut, de toute façon, ce n'est pas son problème… Or chacun a besoin des projections paternelles qui lui servent à se positionner, que ce soit en y adhérant ou en les rejetant. Trop de projections finissent souvent par étouffer, empêchant l'adolescent de prendre sa place – celle qu'il se choisit ; en revanche, s'il n'y en a pas assez – en tout cas si elles ne sont jamais exprimées –, il manque d'étayage, a du mal à se trouver. C'est le cas de Pierre qui n'en finit pas de glisser contre la muraille paternelle, décidément trop lisse.

Cependant, de façon assez remarquable, ayant réussi à avouer son malaise et à y associer son père, il passera le concours d'entrée à HEC qu'il réussira brillamment, malgré ses symptômes qui demanderont encore un peu de temps pour être dépassés.

[illegible]

Il y a quelques années, [illegible]

[illegible]

[illegible]

« Je n'ai plus peur de toi ! »

Il y a quelques années, Jérôme a été diagnostiqué comme enfant précoce (autrement appelé « surdoué », ou « à haut potentiel »). Malgré cela – ou peut-être à cause de cela –, âgé aujourd'hui de 17 ans, il saborde sa scolarité : il ne fait rien au lycée, sèche les cours avec assiduité, s'oppose aux professeurs qu'il raille et méprise. Surtout, il passe des heures, enfermé dans sa chambre, à jouer à des jeux vidéo dont ses parents ignorent le contenu mais qu'ils considèrent comme « un abrutissement nuisible ».

La mère, médecin, a abandonné son métier pour se consacrer à l'éducation de ses trois fils. Le père est avocat. Jérôme est l'aîné et le seul qui pose des problèmes, alors que les deux plus jeunes – non étiquetés surdoués, est-ce un hasard ? – grandissent harmonieusement dans ce qui ressemble à une famille modèle, aisée et aimante. On dirait alors que Jérôme s'emploie à barbouiller ce tableau un peu trop léché pour en révéler les bavures.

Entre lui et sa mère, les scènes sont nombreuses. La nuit, tandis qu'il est rivé à son écran, elle se relève pour tenter de lui faire entendre raison et le convaincre de se coucher, mais sans succès. Il l'insulte, la menace et n'en fait qu'à sa tête. Dernièrement, elle est entrée dans sa chambre malgré les protestations de son fils qui, non content de l'insulter une nouvelle fois, l'a bousculée lorsqu'elle a essayé de débrancher la prise de la console de jeux. Le père, alerté par le bruit, s'est alors immiscé entre eux, mais Jérôme l'a repoussé, puis frappé et, le regardant droit dans les yeux, lui a lancé : « Je n'ai plus peur de toi ! » La scène a été d'une grande violence et le père a du mal à s'en remettre. Il veut déménager, car il ne supporte plus de vivre dans cette maison où son fils l'a agressé physiquement, dans une transgression insupportable des limites. « Jusqu'à présent, mon rôle a donc été de lui faire peur ? » s'interroge-t-il.

Et moi, je m'interroge : où sont les carences ? Le père s'est-il assez occupé de son fils ? A-t-il pris le temps de parler avec lui et de l'écouter ? Ou s'est-il contenté d'être ce qu'on appelle un père à l'ancienne, à distance, un homme de pouvoir au sens politique du terme, gérant sa famille comme il gère ses affaires, fort de ses connaissances en droit et d'une autorité qu'il impose sans prendre la peine de l'expliquer ?

On le sait, l'interdit de l'inceste est l'un des fondements de la famille et de toute société humaine. Mais l'interdit du passage à l'acte physique me semble tout aussi fondamental. Interdiction aux parents de frapper leurs enfants et réciproquement. Pourtant, les parents violentés sont plus nombreux qu'on ne le pense. J'observe pour ma part que les insultes ou les coups portés à la mère constituent un motif de consultation bien plus fréquent que les insultes et les coups portés au père. Hélas, je m'aperçois que, dans la très grande majorité des cas, la mère a déjà fait les frais de la violence de l'adolescent, sans que nul ne songe à en faire état auprès d'un tiers. Le constat a de quoi surprendre. Comment un père peut-il accepter que son fils (car ce sont généralement les fils qui sont plus violents) « touche » à sa femme ? L'insulte est en effet une forme de coup, de violence véritable. Et c'est au père, chef de famille, protecteur de l'enfant et de sa mère, on ne le dira jamais assez, qu'il revient d'interdire ce genre de comportement et, s'il ne parvient pas à asseoir son autorité, d'en référer à un tiers pour le soutenir dans une mission qu'il a du mal à tenir.

Faute d'avoir rencontré la limite paternelle, le fils continuera ses transgressions insupportables, voire les renforcera, en s'attaquant directement au père. Au fond, la question est de savoir si les mères ne font pas l'objet d'une violence qui ne leur est pas directement adressée : en insultant ou frappant sa mère, l'adolescent ne cherche-t-il pas davantage la limite et l'interdit que son père doit poser ?

Nous voilà donc au cœur d'un sujet qui fait couler beaucoup d'encre : l'autorité ! Nombre de spécialistes déplorent sa disparition, source de presque tous les maux de notre société contemporaine. Premier accusé dans leur ligne de mire : le père qui, en refusant d'endosser les habits du *pater familias* et en se montrant plus proche et plus tendre, serait incapable de « faire autorité ». L'argument fait grincer des dents les partisans d'une famille plus démocratique qu'autrefois, dans laquelle le père ne doit pas être seul à avoir le pouvoir, et qui considèrent, à juste titre, que l'autorité peut aussi bien être exercée par la mère. D'ailleurs, celle-ci étant plus présente au quotidien, c'est elle qui se retrouve le plus souvent au front pour autoriser, interdire, gronder, voire punir.

C'est en tout cas ainsi que cela se passe dans la famille de Julie et Antoine, respectivement âgés de 15 et 13 ans. Tous deux qualifient leur mère de « très autoritaire », comparée à leur père, « plus cool ». Dernièrement pourtant, Julie a eu un léger accrochage à vélo, dont elle était entièrement responsable. Elle a aussitôt appelé sa mère pour la prévenir ; mais quand celle-ci lui a dit de téléphoner aussi à son père, Julie a refusé : « Oh non, je ne peux pas, fais-le pour moi, j'ai trop peur qu'il m'engueule. » Racontant l'anecdote, la mère s'en amuse : « À chaque fois, c'est pareil : dès qu'il y a quelque chose d'un peu grave, ils redoutent la réaction de leur père, pas la mienne ! »

Voilà donc une famille contemporaine dans laquelle l'autorité s'exerce de façon démocratique, mais où, malgré tout, le père conserve son rôle et les prérogatives qui vont avec. Il s'agit là du père symbolique que nous évoquions en introduction, celui qui incarne la loi symbolique : respect des différences entre les générations, interdit de l'inceste et du meurtre, dont il est le garant. En même temps, il est le représentant de la loi des hommes, qu'il doit transmettre à ses enfants. C'est cela, l'autorité naturelle des pères.

Est-ce pour cette raison que l'on craint davantage son père que sa mère ? Il me semble en tout cas que le père inspire la crainte de façon quasi immédiate : la taille, la voix, la pilosité, une certaine brusquerie même dans la tendresse... De là à dire que le père évoque d'emblée un ogre susceptible de dévorer les enfants, il y a plus d'un pas, mais reconnaissons qu'il a une apparence plus inquiétante que la mère. L'enfant repère très tôt ces différences, physiques et comportementales, et cela entraîne probablement un socle d'attitudes différentes, selon qu'il est avec l'un ou avec l'autre, puisque tout se joue dans l'interaction. Admettons alors, au risque de déplaire aux tenants de l'indifférence des genres sexués, que cela confère au père une espèce d'« autorité naturelle », renforcée par le fait qu'il est plus à distance, moins présent. C'est ainsi qu'il peut inspirer une certaine crainte.

Pourtant, la crainte ne doit pas se transformer en peur. Le père qui fait peur est un père qui échoue, qui se prend pour le symbolique lui-même et non pour son garant, qui confond autorité et autoritarisme.

Rien ne peut mieux illustrer ces propos que le si beau texte de Franz Kafka, cette *Lettre au père*[1], écrite dans les années de maturité et qui ne parviendra jamais à son destinataire. Un père qui, par sa seule

1. Collection « Folio », Éditions Gallimard.

apparence physique, impressionne : « Autrefois, j'aurais eu besoin d'encouragements en toutes circonstances. Car j'étais déjà écrasé par la simple existence de ton corps […] Moi, maigre, chétif, étroit ; toi, fort, grand, large […] Je me trouvais lamentable, et non seulement en face de toi, mais en face du monde entier car tu étais pour moi la mesure de toute chose. » Mais un père qui ne peut traiter son enfant « que selon [sa] nature, c'est-à-dire en recourant à la force, au bruit, à la colère » et qui n'hésite pas à renforcer « les injures par des menaces : “Je te déchirerai comme un poisson. ” » Un père dont la présence, comptée, donnait plus de poids à ses mots : « Tu faisais sur moi une impression d'autant plus profonde qu'elle était rare et que l'habitude ne risquait pas de l'affaiblir. »

Même s'il a réussi une immense œuvre littéraire – qui s'articule néanmoins autour de la figure paternelle et de ce qu'elle lui inspire –, Kafka montre, par son histoire, que la peur est dévastatrice. La peur étouffe, écrase, paralyse, obligeant à se plier à la volonté du père, même si on n'en perçoit pas le bien-fondé. La peur n'a décidément rien à voir avec le respect qui est reconnaissance de l'autre, différent de soi et dans une position d'autorité que lui confère sa place dans les générations, aux propositions duquel on peut adhérer, quitte à les contester le temps venu. Mais, pour être respecté, il ne suffit pas d'être autoritaire. On verse sinon dans l'autoritarisme avec ce qu'il comporte d'arbitraire, de non-prise en considération de l'existence de l'autre que l'on veut soumettre pour mieux asseoir son propre pouvoir. L'autorité est d'un autre registre ; elle tient compte de l'autre, défend des principes et sait les imposer, en expliquant leur bien-fondé et leur nécessité. Pour être respecté, il faut être exemplaire (au sens de « donner l'exemple ») et ne pas exiger des autres ce qu'on n'exige pas de soi-même.

Bien entendu, le respect ne se conçoit pas à sens unique. L'enfant ne peut respecter son père qu'à condition que celui-ci le respecte, qu'il le considère comme un sujet à part entière, et non comme un objet d'assouvissement de ses fantasmes.

« Je n'ai plus peur de toi ! » Jérôme nous montre bien que la peur n'engendre pas le respect. En revanche, c'est elle qui fait naître l'agressivité.

Mais de quelle peur s'agit-il ici ?

Peur de l'étranger, de l'inconnu, de cet étranger qu'on est parfois pour soi-même, surtout à l'adolescence durant laquelle les repères se brouillent et où l'on est à la recherche de son identité. « Qui suis-je ? » La question est centrale, mais derrière elle, une autre apparaît en filigrane : « Qui est mon père ? » Puisqu'il n'est pas celui que j'ai imaginé durant l'enfance, qui peut-il être ? Puisque je me suis trompé sur lui, comment ne pas me tromper sur moi ?

Sa peur s'origine dans la relation à son père qu'il agresse parce qu'il se sent trahi : celui-ci a fait preuve à ses yeux d'une autorité arbitraire, au lieu de lui donner l'autorité – c'est-à-dire les repères, les principes et les interdits – qui permet de se construire.

Mais il me semble que, dans cette histoire, la peur appartient aussi au père. Elle est en partie naturelle, presque inévitable, puisque chacun se demande s'il sera à la hauteur de sa tâche. Et c'est pour la tenir à distance que les moins assurés prennent le parti de l'autoritarisme. Cependant, avoir un enfant surdoué ne va pas sans poser de problèmes particuliers. Le surdoué est à la mode, pourrait-on dire. J'entends par là que, dès lors qu'un enfant présente des difficultés d'adaptation à l'école, parents et enseignants sont prompts à lui faire passer des tests de QI, complétés par un bilan psychologique global… lesquels révéleront le plus souvent que l'enfant a un quotient intellectuel « normal ». D'un point de vue narcissique, il est sans doute plus facile de mettre les difficultés de l'enfant sur le compte d'une intelligence supérieure à la moyenne qui le place en décalage avec les apprentissages et avec les copains de son âge, plutôt que d'envisager qu'elles proviennent d'un trouble de l'estime de soi ou d'un trouble cognitif.

Cependant, lorsque l'enfant est reconnu précoce, les parents sont peut-être flattés, mais la fierté ne va pas sans inquiétude. Comment faire face ? Comment être à la hauteur de cette remarquable intelligence ? Comment ne pas se sentir un peu démuni ? Bien malgré lui, l'enfant surdoué peut représenter un « danger » potentiel pour ses parents, moins intelligents et qui se sentent d'autant moins équipés pour assumer leur rôle. Le père de Jérôme l'exprime à sa façon durant la consultation : « Que puis-je lui apprendre ? Il pige tout plus vite que tout le monde. »

Il n'a pas compris que son fils, tout surdoué qu'il soit, a les mêmes besoins que les autres en matière de limites et d'interdits. Que son intelligence ne fait pas de lui le supérieur de son père, lequel conserve le privilège de son antériorité et de son expérience.

Le père, lui, s'est efforcé de masquer ce qu'il croyait être sa faiblesse à coups de distance, d'absence et d'autoritarisme. Écrasé d'emblée par ce fils qu'il suppose supérieur à lui et auquel il croit n'avoir plus rien à apprendre, il ne lui a pas transmis la véritable intelligence : celle de s'adapter au monde dont il était censé lui ouvrir les portes.

Frapper son père représente un passage à l'acte très grave. Dernière limite avant le parricide, la violence physique est une tentative de le tuer dans la réalité. Or la tâche de l'adolescent est de tuer son père symboliquement, le destituant de la toute-puissance qu'il lui avait prêtée dans l'enfance ; cela va lui permettre de devenir sujet à part entière et de pouvoir, un jour, accéder à son tour à un statut de père.

Après ce meurtre, il peut enfin reconnaître son père pour ce qu'il est, ce qui ne l'empêche pas de continuer à l'admirer sur certains points et, surtout, de le respecter, parce qu'il l'a autorisé à devenir lui-même.

De vrais zéros

Il semble d'autant plus difficile de dresser le portrait-robot du bon père qu'il ne peut pas exister, puisque, par nature, le père n'est jamais aussi bon que celui dont on rêvait. En revanche, il est beaucoup plus aisé de repérer les « mauvais » pères, au sens pathologique du terme. Entre impuissance et inconsistance, ceux-là se révèlent incapables d'incarner l'autorité nécessaire à l'enfant ; ou bien, au contraire, pris dans un fantasme de toute-puissance, ils piétinent la loi des hommes qu'ils devraient représenter pour mieux imposer la leur propre, et toujours au mépris de l'autre. Dans les deux cas, ce ne sont jamais que des caricatures de père qui ont en commun une même fragilité non reconnue, une même difficulté à exister en tant que sujet.

Le père impuissant

S'il fallait encore une preuve des grands progrès accomplis par les pères et de leur investissement, le pédopsychiatre la trouverait dans leur présence aux consultations où, hier encore, les mères venaient seules, comme si elles étaient seules concernées par les difficultés de leur enfant. Néanmoins, le même pédopsychiatre s'aperçoit que, lors de ces consultations, la mère parle plus volontiers, le père étant plus souvent en retrait, comme s'il avait besoin qu'on l'autorise à prendre la parole.

Avec les parents d'Antoine, 16 ans, c'est l'inverse. La mère paraît effacée, le père monopolise l'attention, moins pour évoquer les problèmes de son fils que pour se mettre en avant. Il n'est pas antipathique, mais un peu hâbleur et raconte des histoires destinées à illustrer son hypothétique gloire, dans lesquelles on devine une bonne part de fanfaronnade, comme s'il revisitait la réalité dans le seul but de se donner le beau rôle. La fratrie se compose de deux enfants. L'aîné, schizophrène, est pris en charge psychiatriquement depuis plusieurs années et monopolise l'inquiétude et les préoccupations de ses parents, comme c'est souvent le cas. Le risque est alors que les autres membres de la fratrie se sentent délaissés et tentent par tous les moyens de se faire remarquer, quitte à se mettre en danger, afin de réussir à capter une attention qui leur manque. Peut-être cela peut-il expliquer, au moins en partie, le comportement d'Antoine. Plus jeune de deux ans, il se montre agressif, manipulateur, voleur ; il flirte sans cesse avec les limites de la légalité, dans un trouble du caractère de type psychopathique. Sa mère s'en inquiète, son père minimise. À l'écouter, j'ai même le sentiment que la conduite de son fils l'amuse et le flatte tout à la fois.

De façon assez surprenante, il lui trouve toujours des excuses. Dernièrement, Antoine s'est fait prendre alors qu'il volait des CD et son père n'a pas ménagé ses efforts pour arranger l'affaire. Convoqué au magasin pour récupérer son voleur de fils que le directeur menaçait d'envoyer au commissariat, il a expliqué qu'il ne fallait pas lui en vouloir, ce larcin étant dicté par des intentions plus que louables. À l'en croire, Antoine avait volé ces disques dans le seul but de les offrir à son grand-père malade, musicien professionnel que la découverte des musiques contemporaines prisées par les jeunes distrayait des souffrances de la maladie. Loin d'apprécier ce mensonge, Antoine en veut à son père et ne décolère pas. « Je n'ai pas besoin de ses fausses excuses bidon, je peux me défendre tout seul. »

Voilà une tolérance pour le moins étrange de la part de ce père qui, de ce fait, ne tient pas son rôle. Il est difficile de savoir qui se cache derrière les fanfaronnades, car il évite les questions qui le gênent. Son regard fuit, comme son discours, qui s'échappe dans des anecdotes sans intérêt.

Il faudra plusieurs consultations pour que cet homme réussisse à tomber le masque et se révèle comme il est, blessé, malheureux, presque accablé, jouant à cache-cache avec lui-même et avec la réalité.

Il dira que, dans sa vie, il a « tout raté, ou presque ». La maladie psychique de son fils aîné l'a « terrassé ». Elle représente une blessure narcissique qu'il vit comme un échec, se sentant à la fois impuissant à aider son fils et coupable en partie de sa pathologie : « Était-ce dans mes gènes ? Où me suis-je trompé ? Je ne peux pas croire que je n'y suis pour rien. » Avec ce fils, il a l'impression d'être un père empêché.

Empêché, il l'est aussi dans son travail. Il n'a pas fait la carrière dont il rêvait, « par paresse, peut-être », et souffre d'être un modeste employé « docile, soumis à l'autorité de petits chefs » devant lesquels il n'ose lever ni la voix ni même les yeux.

Les transgressions d'Antoine le vengent en quelque sorte de sa propre soumission. Son fils lui offre l'opportunité de se montrer enfin rebelle par personne interposée, de ne plus se contenter de subir, mais de réagir. C'est bien pour cette raison qu'il le défend et l'excuse : il défend en réalité celui qu'il aurait voulu être. Tout à son fantasme, il ne voit même pas que son fils se met en danger. Il se fait complice de ses transgressions et, travaillant à sa propre gloire, cherche à jouer les héros devant lui, à défaut de réussir à les jouer ailleurs. Son mensonge au directeur du magasin est une façon de sous-entendre : « Tu es un brigand à la petite semaine, moi, je suis Al Capone réincarné, je peux faire mieux que toi, parce que je n'ai peur de rien ni de personne. » Et Antoine, de manière tout à fait inconsciente, se conforme au désir paternel : il se retrouve acteur dans la réalité de l'imaginaire de son père fragile et plutôt moyen, pour ne pas dire minable.

Cet homme est un père impuissant, au sens de « sans qualités ». Un père qui ne réussit pas à se sentir glorieux, à asseoir son pouvoir dans quelque domaine que ce soit, qui n'accepte pas sa propre médiocrité et cherche à la vaincre à travers son fils. Si Antoine avait été un élève sans histoires, discipliné et travailleur, son père aurait sans doute été moins satisfait. Au contraire, ses comportements délictueux lui permettent de rêver que c'est lui qui lui a transmis ce « fort caractère ». Grâce à son fils, il devient enfin glorieux. Les rôles sont inversés ; ce n'est plus « mon père, ce héros », mais « mon fils, le héros que j'aurais aimé être ».

On l'a dit, tous les pères rêvent d'un enfant imaginaire qui viendrait réparer leurs erreurs, combler leurs manques, réussir là où ils ont échoué. Ces projections sont nécessaires à l'enfant qui a besoin pour se construire que ses parents rêvent pour lui d'un grand avenir. Mais projection n'est pas synonyme d'identification. La première consiste à charger l'autre d'une part de ses rêves ; la seconde consiste, au contraire, à prendre des traits de caractère et des attitudes – bons ou mauvais, peu importe – et à se les approprier. Le père se projette dans son fils, tandis que le fils s'identifie au père. Le premier doit pourtant réussir à mettre ses projections en sourdine et accepter son enfant comme il est, différent de celui qu'il avait imaginé et qui devait le réparer. Il ne doit en aucun cas être un Frankenstein, donnant vie à une créature qu'il fabriquerait de toutes pièces.

Aveuglé par son besoin de prendre sa revanche sur une vie qui, dit-il, ne l'a pas beaucoup gâté, le père d'Antoine ne perçoit même pas que le comportement de son fils exprime un désarroi dont il est la cause.

Dans la même situation, qu'aurait fait un père « suffisamment bon » ? Il aurait sans doute payé les CD lui aussi, pour éviter à son fils d'aller au commissariat, mais il se serait abstenu de mentir et aurait exigé qu'il fasse des petits boulots pour rembourser sa dette, non sans lui rappeler la loi aux yeux de laquelle le vol est un délit réclamant sanction.

Mais il ne suffit pas de faire respecter la loi, de manière rigide et autoritaire. Un père suffisamment bon aurait aussi cherché à comprendre le passage à l'acte de son fils – comprendre ne signifiant pas excuser, mais donner au fils une chance de pouvoir exprimer son malaise par des mots, et non par des actes. Pourquoi Antoine vole-t-il alors qu'il n'en a pas besoin, puisque son père lui octroie un montant d'argent de poche plus que confortable ? Hélas, le père ne se pose pas la question. Pire encore, il admet la transgression, la soutient et, par là même, l'encourage.

Comme tous les adolescents, Antoine est un chercheur de père, et de repères. Il cherche la limite que le père doit poser, une position ferme, reposant sur des valeurs et des principes qu'il a faits siens, qui forment le socle sur lequel il a bâti sa vie et qu'il transmet à ses enfants. C'est cela, l'autorité, essentielle puisqu'elle sert aussi de socle et d'étayage à l'enfant. À l'adolescence, il l'attaquera toujours, rejettera les principes et les valeurs paternels en les qualifiant d'imbéciles et de non avenus, comme pour mieux vérifier leur solidité et leur validité… Mais, pour être critiquée, encore faut-il que l'autorité existe. Sinon, l'adolescent aura le sentiment d'avancer sur un terrain qui sans cesse se dérobe sous ses pieds et, son agressivité ne trouvant rien à quoi se heurter, il la retournera contre lui-même.

C'est peu dire que le père d'Antoine est très loin de jouer son rôle. Le comportement de son fils est un appel qui s'adresse directement à lui, mais il ne l'entend pas. Comment ne pas imaginer alors que, faute de parvenir à rencontrer les limites et l'interdit qu'il recherche, l'adolescent va être en quelque sorte obligé d'en rajouter dans la transgression ? La prochaine fois, il ne se contentera pas de voler des CD, il s'en prendra peut-être à une personne physique, ou à lui-même… Les passages à l'acte risquent d'être de plus en plus dangereux, pour Antoine comme pour autrui, afin de provoquer toujours plus le père, d'obtenir enfin un « non » de sa part.

Ce genre de cas n'est pas rare, et nombre de spécialistes font porter la responsabilité des difficultés adolescentes à la défaillance des pères contemporains qui ne parviendraient plus à incarner l'autorité. De façon assez singulière, les mêmes qui plaident pour une indifférenciation des rôles parentaux sont les premiers à « réclamer du père » à l'adolescence. Bien malgré eux, ils soulignent la nécessité de sa position de tiers, représentant et garant symbolique de la loi. Lorsque le père se révèle défaillant dans la réalité, il revient à un autre de l'incarner. C'est parfois ce que l'on demande au psychiatre ou au psychanalyste, à moins qu'il ne faille en appeler aux représentants de la loi, aux instances sociales, judiciaires ou policières.

Alors, tous les débats sur cette question de l'autorité semblent tourner à vide. Bien sûr, on ne peut qu'être favorable au fonctionnement plus démocratique des familles contemporaines, dans lesquelles père et mère peuvent « faire autorité » au quotidien, quand autrefois la mère était en quelque sorte l'égale de ses enfants, placée elle aussi sous l'autorité du *pater familias*. Mais il faut accepter qu'elle ne peut pas seule jouer tous les rôles et a besoin de s'étayer sur un tiers qui représente aux yeux de l'enfant cette fonction indispensable. On pourrait dire en effet que l'adolescent a la « passion du symbolique » et de l'instance paternelle : il cherche une butée à ses exigences pulsionnelles, tant sur le plan de ses actes que sur celui de son psychisme ; c'est grâce à cela qu'il va rencontrer sa propre limite – sa propre castration, disent les psychanalystes.

Le père tout-puissant

C'était l'une de mes premières expertises. Une histoire de divorce compliqué et houleux, dans laquelle la femme porte plainte contre son ex-mari qu'elle accuse d'avoir abusé sexuellement de leur fils.

Le garçon, alors âgé de 5 ans, décrit son père comme méchant parce qu'il a quitté sa mère, mais il parle peu, semble se méfier de mon collègue psychiatre et de moi-même qui procédons ensemble à cette expertise. En revanche, lorsque mon assistante entre dans la pièce, il se détend un peu. Nous imaginons alors que, de manière assez classique, il fait clan avec sa mère, soudé à elle par une même détestation du père qui les a quittés. Cependant, nous prenons d'autant plus au sérieux les accusations de sa mère que ce minot est encoprétique[1], et nous savons d'expérience que l'abus sexuel peut être à l'origine d'une encoprésie.

1. L'encoprésie est un trouble du contrôle du sphincter anal qui persiste au-delà de l'âge habituel de l'acquisition de la propreté.

Lorsque nous rencontrons la mère, elle confirme qu'elle a toutes les raisons de soupçonner son ex-mari d'homosexualité. En témoignent, selon elle, les pratiques sexuelles qu'il lui imposait malgré elle. Ne comprenant pas ses refus, il insistait et allait jusqu'à la violenter.

Enfin, nous voyons le père que tout finit par accuser : les médecins qui ont examiné son fils ont en effet découvert des lésions anales. Mais cela n'a pas l'air d'affecter cet homme qui déclare : « Vous ne pouvez rien prouver. Si je fais des touchers rectaux à mon fils, c'est pour vérifier qu'il n'a pas de fécalome. »

Les histoires d'inceste mettent en général en scène un père et sa fille, un beau-père et sa belle-fille, ou encore un grand-père et sa petite-fille. Ces histoires servent-elles d'écran pour en masquer d'autres, dont on peut se demander pourquoi on en parle moins : est-ce parce qu'elles nous dérangent trop ? parce que les victimes ne se sentent pas encore autorisées à en parler ? On sait pourtant qu'elles existent et provoquent des ravages qui ne sont pas de moindre importance. Inceste entre frère et sœur notamment, mais aussi entre mère et fils ou encore entre père et fils, comme c'est le cas ici.

Le père incestueux se destitue de sa position de père : il nie la différence des générations pour se poser en partenaire sexuel de son enfant, passant outre l'interdit fondateur de toute société humaine – l'interdit de l'inceste. Dans un étrange paradoxe, il perd sa place de père, alors qu'il met en acte un fantasme de toute-puissance, celui du père qui a tous les pouvoirs, y compris celui d'abuser de ses enfants.

Dans la mythologie grecque, Cronos, roi des Titans, fils d'Ouranos, le Ciel, et de Gaïa, la Terre, dévorait ses enfants pour empêcher qu'un jour ils puissent s'attaquer à lui comme il s'était lui-même retourné contre son père. Mais le père tout-puissant, au-dessus de la loi des hommes, n'est pas seulement un mythe. Ainsi, dans le droit romain, le *pater familias* avait le droit de vie et de mort sur les enfants et petits-enfants de sa lignée. Ce n'est qu'à la fin du IVe siècle que l'Église catholique interdit l'infanticide et les abandons d'enfants. Néanmoins, le droit prévoyait la possibilité pour le père d'exercer un droit de correction et de faire emprisonner ses enfants lorsque ceux-ci s'opposaient à son autorité.

Il faudra attendre de longues années (1884) pour que le père puisse être rendu responsable de la mort de son enfant et pour que soit promulguée une loi stipulant que l'autorité publique peut se substituer au père en organisant un placement en nourrice si celui-ci exerce un pouvoir abusif. Enfin, en 1898, une loi prévoit la déchéance paternelle en cas de mauvais traitements avec placement à l'Assistance publique. Mais ce n'est qu'en 1935 que la correction paternelle sera abolie.

Aujourd'hui, dans les textes de loi, l'autorité parentale a remplacé la puissance paternelle d'antan, mais certains pères demeurent dans un fantasme de toute-puissance qu'ils vont jusqu'à réaliser par des actes de violence, physique ou psychique.

C'est le cas du père de Fabrice, 11 ans. Celui-ci consulte sur l'insistance de sa mère parce qu'il souffre de troubles de la concentration et d'une instabilité psychique qui nuisent à sa scolarité. Ce garçon intelligent et ouvert a pourtant toutes les capacités pour réussir, mais il a tellement de mal à tenir en place et à suivre ses pensées qu'il perd peu à peu toute confiance en lui.

Le père de Fabrice a refusé de venir à la consultation ; en revanche, nous avons beaucoup parlé de lui et de son enfance. Il a été élevé par un père autoritaire et rigide pour lequel les coups et les menaces tenaient lieu de dialogue. Dès qu'il levait les yeux sur lui, il s'exposait à des sévices. Tout juste âgé de 20 ans, il s'est marié avec une femme de presque vingt ans son aînée, avec laquelle, très rapidement, il a eu trois enfants. Fabrice est le premier de la fratrie et sans doute celui qui souffre le plus de l'attitude pour le moins étrange de son père. Dans une position qu'il faut bien qualifier de paranoïaque et perverse, celui-ci veut démontrer qu'il a toujours raison afin d'asseoir un pseudo-pouvoir. Sa volonté de puissance prend des formes démentes. À son fils qui, par exemple, lui demande une tasse, il affirme qu'il ne s'agit pas d'une tasse mais d'un cheval. Si Fabrice insiste, il s'agace, entre dans des colères folles : lui seul sait, lui seul détient la vérité, son fils est un incapable, il doit l'écouter. On imagine que, pour cet enfant, il n'y a plus aucune certitude possible, aucun repère concret et fiable sur lequel prendre appui. S'il ne peut tenir en place, sans doute est-ce parce qu'il cherche sans cesse où se poser, se reposer un peu, en un lieu sûr où une tasse est bien une tasse. Mais à cause de la folie de son père, autour de lui, le monde vacille, rien ne tient, rien ne dure, rien n'est jamais sûr. Alors, il remue, s'agite, ne parvient pas à se concentrer, son activité permanente apparaissant comme une défense contre l'angoisse qui l'assaille, angoisse créée et entretenue par le père.

Alors que le rôle du père est d'ouvrir les portes du monde à son enfant et de l'accompagner dans sa découverte en lui balisant le chemin, le père tout-puissant les ferme, lui en interdisant l'accès. Au lieu de protéger du danger, il incarne le danger et le monde devient pour l'enfant le lieu de toutes les inquiétudes et de toutes les incertitudes. Le père incestueux et le père paranoïaque décrits plus haut, dévastateurs, confondent le monde et leur monde, celui de leurs fantasmes. Fantasmes de toute-puissance qui sont proportionnels à leur insondable fragilité, la toute-puissance apparaissant bien comme la revanche des impuissants, des faibles, de ceux qui n'ont pas la moindre consistance. Ils neutralisent l'autre, cet autre, quel qu'il soit, fût-ce leur propre enfant, représentant toujours une menace. La moindre critique, la plus insignifiante remise en cause risquent en effet de faire vaciller non seulement leur identité de père mais aussi leur identité de sujet. Dans ces conditions, l'enfant ne peut pas être reconnu, il n'a pas d'existence ; ce qui compte, c'est de le maîtriser, de le réduire à néant, dans le but d'assurer leur propre survie.

« Si je ne suis plus que la loi, je suis le dernier des réprouvés », écrivait Nietzsche[1]. Ces deux pères sont pathologiques parce qu'ils confondent l'ordre du symbolique et celui du réel. Ils ne se considèrent pas comme représentants de la loi, ils sont la loi, celle qu'ils proclament et croient incarner, de manière délirante. À l'opposé, le « bon » père ou le père acceptable, pour reprendre le qualificatif de Bettelheim, accepte que son enfant lui prête une toute-puissance pour lui permettre de se construire par identification. Mais il reste lucide : s'il sait que son rôle est de représenter la loi et de la transmettre, il connaît ses fragilités et ses limites. Cependant, il est bâti sur un socle assez solide pour ne pas se sentir menacé de démolition dès lors qu'il se sent attaqué ou contesté. La seule puissance du père est de renoncer à la toute-puissance, afin que son enfant puisse devenir un individu à part entière, sujet de sa propre histoire, en partie héritée de l'histoire familiale qu'il lui aura transmise.

Mais comment échapper à l'emprise d'un père pathologique ? Comment l'empêcher de nuire ? La figure de son père est tellement importante que l'enfant croit toujours que ce qu'il fait est « normal » : puisque cet homme est mon père, puisqu'il me

1. In *Le Gai Savoir*, collection « Folio », Éditions Gallimard.

protège, il sait ce qu'il doit faire, il ne peut pas mal agir. Mettre des mots sur la pathologie paternelle va sans doute aider l'enfant à comprendre que son père a des attitudes qui, justement, ne sont pas « normales », mais cela ne peut pas résoudre d'un seul coup le terrible conflit interne dans lequel lui-même est pris. Car, en général, il pense être responsable, au moins en partie, de la maladie paternelle et, dans bien des cas, il va vouloir l'aider, le sauver, le guérir, dans une position presque sacrificielle. De plus, cette maladie peut constituer une sorte d'excuse à l'attitude de son père à son endroit. Et les excuses, il en a besoin pour défendre ce parent indéfendable, le protéger. Tout enfant éprouve en effet envers son père un désir de protection, c'est ce que nous rappelle le mythe d'Œdipe : si Œdipe a quitté les parents adoptifs qui l'avaient élevé et qu'il prenait pour les siens, c'est pour échapper à la prédiction de l'oracle lui annonçant qu'il tuerait son père. Freud s'est emparé du mythe pour en faire un complexe universel qui exprime l'ambivalence des sentiments à l'égard du père : le désir inconscient de le tuer symboliquement, mais aussi, on aurait tort de l'oublier, le désir conscient de le protéger.

Mais le désir de protéger le père peut être interprété comme un désir de se protéger soi-même. Parce qu'il s'est identifié à ce père à un moment ou à un autre, l'enfant redoute de devenir comme lui ; en lui trouvant des excuses, en cherchant à tout prix quelques aspects positifs de sa personnalité, il se laisse en quelque sorte une chance à lui-même de n'être pas totalement mauvais et d'échapper ainsi à la répétition. Le père de Fabrice, lui, n'y a pas échappé. Sa femme dira qu'en l'épousant si jeune et en ayant des enfants à son tour, il voulait s'arracher à l'emprise d'un père qu'il détestait et auquel il reprochait tout. Pourtant, il reproduit à sa façon l'attitude paternelle : par identification d'une part, mais aussi pour se défendre de la fragilité qui est la sienne, induite par son père. Cela ne signifie pas qu'il existerait une sorte de fatalité inéluctable : le fils d'un père incestueux ne devient pas forcément un père incestueux à son tour, le fils d'un père violent ne devient pas un père violent… Cependant, l'idée qu'un homme se fait de la paternité se fonde toujours sur ce qu'a été son propre père. Lorsqu'il devient lui-même père, il souhaite prioritairement éviter les erreurs commises par le sien. La plupart du temps, il va s'apercevoir qu'il les reproduit, malgré lui, parce qu'il est impossible d'échapper à ce qui lui a été transmis. Néanmoins, il ne sera jamais identique en tout point à ce modèle en creux.

Enfin, il faut souligner que le diagnostic de la pathologie paternelle va rendre plus complexe encore le nécessaire conflit avec le père. On l'aura compris, l'adolescent l'attaque non pas pour qu'il s'effondre, mais au contraire pour qu'il fasse preuve de sa capacité de résister et donc de sa solidité. Difficile de s'en prendre à un père reconnu fragile, déjà discrédité aux yeux des autres, et de risquer de l'enfoncer encore et, qui sait, d'aggraver son trouble. On ne tire pas sur une ambulance, sauf à s'exposer à une culpabilité paralysante. Toutes proportions gardées, on retrouvera des difficultés semblables lorsque le père est malade ou handicapé.

Fabrice, comme le garçon abusé, aura besoin d'un long travail et d'un accompagnement psychothérapique pour pouvoir s'autoriser à reconnaître la folie paternelle. Pour eux, l'adolescence sera particulièrement difficile. En effet, la tempête que déchaîne la pulsionnalité alors à l'œuvre provoque toujours une déstabilisation. « Qui suis-je ? » La question est centrale pour l'adolescent qui ne se reconnaît plus, débordé par des sentiments, des sensations, des désirs et des pensées inconnus jusque-là. Étranger à lui-même, il se demande si tout ce qu'il ressent est « normal », s'il n'est pas en train de devenir fou. Avoir un père fou rend ses interrogations plus angoissantes encore, non seulement parce qu'il a peur d'être comme lui, mais parce qu'il ne peut pas s'appuyer sur lui pour l'encadrer, le soutenir. Le père qui ne reconnaît pas ses limites aura du mal à en imposer à l'adolescent, lui montrant ainsi que si toutes les pensées sont possibles, toutes ne doivent pas être mises en acte.

À PROPOS DES BEAUX-PÈRES

Le beau-père n'est pas une figure contemporaine. L'espérance de vie autrefois réduite et les veuvages précoces entraînaient déjà des recompositions familiales, mais, de ces histoires, il semble qu'on ait surtout retenu le personnage de la belle-mère – la fameuse marâtre –, comme si le beau-père se contentait de reprendre à son compte le rôle du père disparu, de façon naturelle et sans que cela pose jamais problème à quiconque.

Les compositions familiales actuelles le remettent sur le devant de la scène et soulignent la complexité de la tâche qui est la sienne. Personnage central ou secondaire selon les cas, il avance toujours sur un terrain miné, doit s'adapter à ce que l'on attend de lui. Sa place est à trouver, son rôle à inventer, mais il n'existe que dans la relation qu'il tisse avec ses beaux-enfants.

Rien n'est acquis

Étienne, 15 ans, consent à venir à la consultation « à reculons », précise-t-il, « et uniquement parce que ça fait des mois que ma mère me prend la tête avec ça ». C'est un garçon qu'il faut bien qualifier d'insupportable. Insolent, agressif, il cherche à s'imposer auprès de ses pairs comme un caïd et remet sans cesse en question l'autorité, principalement celle de sa mère avec laquelle les conflits sont violents. Face à moi, c'est peu de dire que son insolence paraît décuplée ; il nie tout problème, m'accuse de ne rien comprendre, d'être pire que sa mère – ce qui semble être pour lui l'insulte suprême.

Les parents d'Étienne ont divorcé quatre ans auparavant, et la mère vit depuis deux ans avec un nouveau compagnon qui ne ménage pas ses efforts pour apaiser les relations avec ce beau-fils qui, selon les jours, l'ignore ou le rejette. Le père n'a pas disparu et Étienne continue de le voir, de façon assez irrégulière. Cet homme, décrit comme impulsif et brutal par son ex-femme, ne veut pas entendre parler des difficultés de son fils et s'énerve à l'idée qu'il aille voir un psychiatre. Étienne ne se prive d'ailleurs pas de préciser qu'il considère que « tout ça, ce sont des couillonnades et les psys, des fumistes ». Au contraire, le beau-père n'hésite pas à évoquer sa propre jeunesse, durant laquelle il a eu lui aussi besoin d'être suivi en psychothérapie quelque temps, affichant ainsi sa propre fragilité comme pour permettre à Étienne de reconnaître les siennes. Mais l'adolescent ne l'entend pas et ne tient aucun compte de sa parole.

Le cas d'Étienne n'est pas exceptionnel, loin s'en faut, et les exemples sont nombreux qui montrent que, même animé des meilleures intentions du monde, le beau-père a souvent du mal à prendre sa place et à être reconnu.

Pour comprendre l'origine de ces difficultés, sans doute faut-il remonter l'histoire. En effet, la plupart du temps, pour l'enfant, le beau-père est d'abord un usurpateur. Séducteur au clair de lune, il rapte sa mère et l'éloigne de lui ; cet intrus – qui n'a rien de familier, contrairement au père – se retrouve face à lui en position de rivalité amoureuse davantage que paternelle.

De son côté, le beau-père sait bien que, s'il veut retenir sa compagne, il a tout intérêt à accepter ses enfants et à se faire accepter d'eux en retour, sans quoi la belle relation amoureuse risque de capoter dans des conflits incessants, la mère étant souvent prompte à prendre le parti des enfants et à leur donner raison, sans doute parce que la culpabilité lui commande de ne pas en rajouter au traumatisme engendré par la rupture. Après avoir séduit la mère, le beau-père doit donc « séduire » ses enfants. Parachuté au sein d'une famille dont il ne connaît ni l'histoire ni les codes, il n'a d'autre choix que de s'adapter en essayant de faire bonne figure et de montrer à leur endroit un a priori favorable et bienveillant. Entre eux et lui, pas de souvenirs communs, pas de liens tissés au fil des années : tout est à construire. Il va falloir prendre le temps de s'apprivoiser, avant de – peut-être – pouvoir s'adopter mutuellement.

Mais la marge de manœuvre du beau-père est souvent étroite. Qu'attend-on de lui au juste ? Les protagonistes seraient bien en peine de le dire. Si le père est encore présent, le beau-père ne doit en aucun cas tenter de se substituer à lui ; cependant, dès que l'occasion se présente, il est prié de jouer ce rôle. En quelque sorte, le beau-père est un père à géométrie variable, dont les principales qualités sont la souplesse et l'adaptabilité.

Plus encore que celle du père, sa reconnaissance dépend de l'attitude de la mère, qui n'est pas toujours dénuée d'ambiguïté. Elle souhaite qu'il fasse comme si ses enfants étaient les siens, à condition de ne jamais oublier qu'ils ne le sont pas. Ainsi le beau-père qui intervient un peu trop rudement à ses yeux se voit-il parfois rappeler à l'ordre vertement. De quel droit se permet-il de faire autorité ? Pour qui se prend-il ?

Pour lui, les choses se compliquent encore quand le père est dans les parages. Parfois, ce dernier n'entend pas se laisser évincer par cet homme qu'il considère comme un rival à double titre : il lui a enlevé sa femme et risque de lui ravir ses enfants. Et s'il arrive à accepter la perte de l'une, il veut conserver toute sa place auprès des autres, quitte, pour ce faire, à invalider le beau-père et à adopter une position toujours opposée à la sienne. D'autres, au contraire, choisissent de s'éloigner peu à peu avant de disparaître totalement, préférant reconstruire une autre famille où ils retrouveront leur pleine place, sans avoir l'impression de devoir la partager. D'autres encore, plus malins peut-être, en tout cas plus sûrs d'eux, savent que le rival peut devenir une sorte d'allié ; ils laissent volontiers le beau-père se coltiner le quotidien, conscients que la distance qui est la leur permet parfois des relations plus apaisées avec leurs enfants.

Les histoires de recomposition sont toujours singulières, c'est pourquoi il serait malvenu de tenter toute généralisation. Cependant, on observe certaines constantes et l'on peut dire sans risquer de se tromper qu'elles sont plus faciles lorsque le beau-père arrive tôt dans la vie de l'enfant ; cela lui donne l'opportunité de tisser des liens qui auront un ancrage d'autant plus fort qu'ils se seront développés dès les premières années. Dans ce cas, et surtout si le père renonce peu à peu à exercer son droit de visite ou de garde, le beau-père fera figure de père de substitution et finira parfois par être appelé « papa », seule figure paternelle connue et pérenne.

Ce n'est pas le cas pour Étienne, qui montre par son attitude que la parole du père, fût-il éloigné et distant, continue de faire autorité. En refusant la thérapie, l'adolescent se montre loyal vis-à-vis de lui – et s'il finit par accepter un suivi, contre l'avis paternel, il risque fort de le faire capoter, comme pour mieux témoigner de sa fidélité sans faille. Il est pourtant à un âge où il devrait critiquer son père afin de mieux s'affirmer et se singulariser ; or voilà qu'au contraire, par son comportement, il s'identifie à lui de manière un peu outrancière, reprenant à son compte sa brutalité et son impulsivité. Être comme son père est un moyen inconscient de lutter contre son effacement, de le faire exister au quotidien, de le défendre en somme contre un beau-père qui, par son grand talent, risquerait de prendre sa place. Mais c'est aussi un moyen de tenir celui-ci à distance : en se démarquant de lui et en s'appliquant à se montrer non aimable, Étienne ne cherche-t-il pas à se faire rejeter ? Il n'est pas défendu d'imaginer qu'il teste ainsi la solidité de l'affection de son beau-père, pour éprouver sa résistance.

L'on comprend alors qu'il faut que le beau-père n'entre pas dans son jeu et tienne bon. C'est à force de persévérance qu'il réussira à se faire accepter pour ce qu'il est et à prendre sa place singulière. La tâche n'est pas facile, car Étienne le perçoit comme un rival de son père, a l'impression qu'il s'acharne à se montrer à la hauteur pour mieux souligner les insuffisances paternelles. Dans bien des cas, au contraire, passé le conflit de loyauté, le beau-père peut être considéré comme une chance pour l'enfant : son père n'est pas aussi formidable qu'il l'avait imaginé, mais les qualités qu'il trouve chez son beau-père vont justement l'aider à composer avec ses manques et ses insuffisances. Peut-être est-ce là l'utilité majeure d'un beau-père : rendre le père acceptable en le complétant.

Toutefois, de part et d'autre, rien n'est acquis d'emblée. Entre beau-père et beaux-enfants, nul lien du sang qui fasse l'obligation de s'aimer. Il faut s'apprivoiser, se conquérir, et la reconnaissance repose sur un choix réciproque. « S'il m'aime, ce n'est pas parce que je suis son enfant, mais parce que je suis aimable. » Voilà une valorisation narcissique précieuse, une source de confiance en soi non négligeable.

Père de passage

Jules avait quelques mois quand ses parents se sont séparés. Il n'a aucun souvenir de son père qui ne s'est plus jamais manifesté ; pour lui, son papa est l'homme qui est arrivé dans sa vie, celle de sa mère et de ses deux frères aînés, lorsqu'il avait 18 mois. Ensemble, ils ont formé une famille recomposée harmonieuse qui, le couple se séparant, s'est décomposée à nouveau. Mais les trois garçons, très attachés à leur (beau-)père, souhaitaient continuer à le voir. Rapidement pourtant, celui-ci s'est montré peu enthousiaste, reportait leurs visites quand il ne les annulait pas, les voyant de loin en loin – assez cependant pour maintenir un lien qui, aussi distendu fût-il, avait le mérite d'exister et semblait satisfaire les trois garçons.

Et puis voilà que leur mère meurt dans un accident de la route. Spontanément, ils se tournent vers celui qu'ils considèrent comme leur père et expriment leur souhait de vivre avec lui. Cette fois, il ne peut plus faire semblant, il refuse catégoriquement : il vit déjà avec une autre femme qui ne veut pas entendre parler de ces enfants qui ne sont même pas les siens.

Ceux-ci sont alors confiés à leurs grands-parents maternels. Mais, depuis, Jules, 14 ans, va vraiment mal. Il a des troubles du sommeil épouvantables, est déscolarisé et s'abîme dans des conduites à risque, notamment en prenant des drogues, cocaïne et héroïne, qui lui donnent le sentiment de pouvoir affronter la vie. Mais Jules ignore le danger, affirme qu'il est le plus fort, que rien ne peut l'atteindre, dans une sorte de délire qui laisse augurer d'un trouble schizophrénique. D'une curieuse façon, il s'invente alors un père biologique trafiquant de drogue, être sans scrupule et sans morale qui ne les a jamais revus, ses frères et lui, parce qu'il était jaloux de leur beau-père. Lorsqu'on lui fait remarquer qu'il ne sait rien de cet homme, n'en a pas le moindre souvenir, Jules nie, s'énerve, en rajoute dans le tableau de ce père qu'il décrit monstrueux.

Pourquoi délire-t-on si ce n'est pour échapper à une réalité insupportable et se défendre de la souffrance qu'elle provoque ? Jules ne peut accepter la réalité qui est la sienne : celle d'un enfant abandonné deux fois, une fois par son père biologique, une autre fois par le beau-père sur lequel il avait reporté toute son affection et toutes ses projections. Après la séparation, il a commencé à donner quelques signes de fragilité : il est devenu renfrogné, irritable, ses résultats scolaires ont accusé un net fléchissement, mais il a réussi à tenir, en s'accrochant à un lien plus fantasmé que réel et grâce au soutien de sa mère. Mais lorsqu'elle meurt, la prise de conscience de sa situation le fait vaciller. Le voilà devenu définitivement orphelin, il se sent abandonné par tout le monde, sans plus personne pour le soutenir et l'aimer.

Pourtant, tout se passe comme si Jules cherchait coûte que coûte à défendre l'image de son beau-père qui a été le support de ses identifications. Dans le fond, plus il s'invente un père biologique détestable, plus il lui trouve de défauts, plus, en comparaison, son beau-père apparaît doté de qualités. Le premier lui sert à s'aveugler, lui épargnant ainsi de se confronter à l'attitude abandonnique du second. La perte de ce père d'accueil le dévaste d'autant plus qu'elle vient s'inscrire dans le sillon de la perte initiale du père biologique. Le beau-père a joué un rôle de pansement, recouvrant une plaie que l'on croyait cicatrisée, mais lorsqu'il s'en va, on s'aperçoit que la plaie est toujours là, que son départ la creuse, ravivant une douleur qui devient encore plus ravageuse.

Un père qui disparaît et ne donne plus signe de vie, voilà une situation presque banale, hélas. En effet, après la séparation des parents, un tiers des enfants ne voient plus leur père au bout de quelque temps – les statistiques en la matière varient peu. Certains psys pointent du doigt les mères, responsables selon eux, au moins en partie, de manœuvrer et manipuler leurs enfants pour mieux asseoir leur toute-puissance. Cela peut arriver bien sûr, mais l'explication me semble un peu hâtive et réductrice. Je crois pour ma part que les pères ne sont pas seulement passifs mais qu'ils jouent un rôle actif dans ce qu'il faut bien appeler un abandon. Comme ils quittent leur femme (ou sont quittés par elle), ils quittent leurs enfants qui font l'objet d'une désillusion projective : si la relation amoureuse a échoué, la relation paternelle ne peut qu'échouer à son tour ; ce qu'ils ont raté avec leur femme, ils ne peuvent pas le réussir avec les enfants qui sont nés de leur union avec elle.

Se préoccupe-t-on assez de ce que ressentent les enfants en pareil cas ? Difficile pour eux de ne pas penser que si leur père ne les voit plus, c'est parce qu'ils ne sont dignes ni de son affection, ni de son intérêt. Cependant, les uns et les autres réussissent heureusement à survivre à cette perte, notamment en prenant appui sur d'autres figures paternelles auxquelles ils peuvent s'identifier. Peu à peu, certains désinvestiront totalement ce père absent et finiront par ne plus s'en préoccuper du tout. C'est le cas des deux frères aînés de Jules qui, lorsque je leur demande s'ils n'ont pas envie de retrouver leur père, s'étonnent de ma question : « À quoi bon et pour quoi faire ? S'est-il soucié de nous ? A-t-il été là quand nous avions besoin de lui ? » Preuve que le père n'est pas seulement là pour incarner la loi symbolique ; s'il veut être reconnu comme papa, il doit se montrer attentif, consacrer de son temps et de sa disponibilité pour protéger, soutenir et transmettre. Autrement dit, si le père relève parfois de l'illusion, il ne peut en aucun cas être une abstraction.

Pour ses frères, et surtout pour Jules, la perte du beau-père apparaît plus douloureuse que celle du père, ce qui m'amène à m'interroger sur la nécessité de donner un statut légal aux beaux-parents. À l'heure actuelle, leurs droits se limitent à l'adoption simple ou à la délégation d'autorité parentale, possible depuis 2002 mais peu pratiquée dans les faits. Des spécialistes réfléchissent à la création d'un statut juridique, afin de « permettre aux adultes qui vivent avec des enfants dont ils ne sont pas les parents biologiques de pouvoir procéder pour eux aux démarches habituelles de la vie quotidienne », ce qui semblerait assez naturel. Mais ce statut vise également à protéger juridiquement les liens entre ces enfants et ces adultes. Le beau-parent pourrait ainsi se voir octroyer un droit de visite en cas de séparation, par exemple, et obtenir la garde des enfants en cas de décès du parent avec lequel ils vivaient.

Le droit se fait fort de reconnaître les évolutions de la société et de s'y adapter. L'intention est louable et d'autant plus difficile à attaquer que toutes les modifications du droit de la famille se font au nom de l'intérêt de l'enfant et de son bien-être. Néanmoins, on peut s'interroger sur cette fureur à légiférer à tout prix sur la vie privée, sur cette volonté d'édicter des lois générales quand il n'y a que des situations singulières.

Nul ne songerait à contester que certains beaux-parents s'investissent auprès des enfants de leur conjoint et développent avec eux des liens affectifs solides et durables. Mais pourquoi s'empresser de reconnaître au beau-père les mêmes droits qu'au père, quand on sait que celui-ci y renonce parfois et abandonne ses devoirs envers ses enfants ? Faut-il supposer le beau-père plus attentif, plus persévérant, plus responsable par nature ?

La tentation est grande de rêver des familles formidables, héroïnes de feuilletons télévisés. La réalité est, hélas, beaucoup moins idyllique. Et en cas de redécomposition familiale, bien des beaux-parents ne gardent aucun lien avec leurs beaux-enfants : ils ont tenu le temps de l'histoire d'amour et disparaissent quand elle se termine. Au vu de cette réalité-là, une question se pose : vaut-il mieux un beau-père qui abandonne, parce que, n'ayant aucun droit, il ne peut pas faire autrement ? ou un beau-père qui abandonne alors même qu'il pourrait ne pas le faire ? Il ne me semble pas exagéré de dire que le statut légal du beau-parent viendrait en quelque sorte souligner l'abandon et renforcer la souffrance de l'enfant. Voilà pourquoi il me paraîtrait plus judicieux de décider au cas par cas, en tenant compte de la singularité de chaque histoire.

Soulignons enfin que, la durée de vie d'un couple recomposé n'étant pas forcément supérieure à celle du couple parental, les enfants connaissent parfois plusieurs « beaux-pères » qu'ils apprennent à ne pas investir plus que nécessaire. Ils l'acceptent tant qu'il est là, en prenant ce qu'il peut leur donner, mais il sera toujours considéré comme le compagnon de leur mère davantage que comme un véritable beau-père, même si, un temps, il peut servir de support identificatoire.

« Beau-père » apparaît ainsi comme un terme générique recouvrant des réalités très différentes et tous n'ont pas le même destin : certains ne feront que passer dans la vie de l'enfant, d'autres deviendront heureusement des pères de substitution très adéquats… Mais on ne peut jamais partir du présupposé que le beau-père serait, presque par nature, un bon père.

Des beaux-pères très particuliers

Guillaume, 19 ans, est un garçon un peu perdu malgré sa réussite scolaire et il développe depuis quelque temps une note dépressive : il doute de lui, de ses capacités, a du mal à se projeter dans l'avenir. Calme, peu bavard, plutôt introverti, volontiers songeur quand ce n'est pas franchement triste, il a une sœur aînée qui est son exact contraire : exubérante, démonstrative, vindicative, explosive, cette enquiquineuse lui empoisonne la vie. À tel point qu'il finit par avoir des doutes : comment se peut-il que cette fille soit sa sœur, alors qu'ils sont si différents ? Il pose la question à sa mère : « Tu es sûre qu'elle est bien la fille de papa ? » De manière pour le moins maladroite, sa mère lui livre alors un secret qu'elle n'était pas parvenue à lui révéler jusque-là : sa sœur est bien la fille de son père ; lui, en revanche, n'en est pas le fils. Voilà quelque vingt années, elle a eu une aventure extraconjugale et s'est retrouvée enceinte. Elle a avoué la vérité à son mari qui a accepté cette grossesse, reconnu, aimé et élevé cet enfant comme si c'était le sien.

On s'en doute, la révélation de ce secret fragilise Guillaume : il s'est construit sur un non-dit, il accuse sa mère et celui qu'il considère comme son père de lui avoir menti, ne sait plus qui croire ni même s'il peut encore faire confiance à quelqu'un et se demande qui il peut être lui-même, alors qu'il ne sait pas d'où il vient. Il n'a plus qu'un désir : savoir qui est son père biologique et, surtout, il veut le rencontrer. Contacté par la mère de Guillaume, celui-ci accepte de voir ce fils dont il ignorait l'existence, à condition que le rendez-vous se passe à huis clos et ne s'ébruite pas.

Quand je revois Guillaume après cette entrevue, il paraît plutôt soulagé. Il le décrit comme un homme sympathique et bienveillant mais, précise-t-il, « il n'y a rien d'affectif entre nous ; mon père, c'est celui qui m'a élevé ».

Un peu plus tard, il dit : « Il est vraiment très chauve… », avec un air de satisfaction qu'il a du mal à masquer. Et aussitôt, il ajoute : « Moi aussi, je commence à perdre mes cheveux. » Il paraît rasséréné, presque joyeux. Il a trouvé une ressemblance entre cet inconnu et lui, et cela semble lui suffire. En s'appropriant un trait physique, il repère un point d'identification qui vient prouver sa filiation. Il n'a pas besoin d'autre chose, pas envie de créer un lien à tout prix avec cet homme ; il a déjà un père, il lui manquait seulement son origine.

L'histoire familiale d'Olivier ressemble étrangement à celle de Guillaume. Lui aussi est né d'une liaison extraconjugale de sa mère. Lui aussi a été accepté, reconnu et élevé par le mari de celle-ci, le couple ayant déjà une fille. Mais Olivier a une trajectoire personnelle plus difficile. Il a toujours été en échec scolaire, a décroché péniblement le bac, après quoi il a déclaré qu'il voulait entrer directement dans la vie active. Si les parents ont longtemps mis son comportement agressif et sa tendance à flirter avec les limites sur le compte de ses difficultés scolaires, ils avouent que le trouble d'Olivier ne fait qu'empirer, le garçon commettant divers larcins, mentant et ne parvenant pas à se fixer dans un quelconque job.

Toujours prompte à lui trouver des excuses, sa mère lui pardonne tout. Son père, bien qu'agacé, reste bienveillant mais plus à distance, reprochant à la mère de trop couver Olivier et, par sa faiblesse, de l'encourager à poursuivre dans une voie qui a tout d'une impasse.

Olivier ne sait pas que l'homme qu'il appelle papa n'est pas son père biologique. La levée du secret de sa naissance l'aiderait-elle à aller mieux ? C'est, à mon avis, prêter de trop grandes vertus à la vérité qui, même si elle s'avère nécessaire, ne constitue jamais un remède en soi.

Surtout que, dans cette histoire, le père apparaît très ambivalent. Dans le fond, le comportement de son fils ne lui apporte-t-il pas quelques satisfactions peu avouables ? Il représente une sorte de punition pour le péché de la mère, condamnée à « porter sa croix », mais il peut aussi être considéré comme un héritage direct du père biologique : le garçon est mauvais, comme l'était son « vrai » père. Ainsi, de manière plus ou moins inconsciente, cet homme tient sa revanche par rapport à son ancien rival qu'il n'a pas oublié et avec lequel il se sent toujours en compétition, comme s'il n'était pas assuré d'avoir gagné le combat qui les a opposés jadis. On peut émettre l'hypothèse que ce père a un rôle actif dans les troubles d'Olivier, qu'il se venge à travers lui d'une blessure narcissique que, malgré les années, il n'a pas digérée. Et, au lieu de transmettre la fierté, l'envie de se dépasser, il fait passer des messages beaucoup plus ambigus. De son côté, et tout aussi inconsciemment bien sûr, Olivier entretient la blessure du père en s'affirmant différent de lui, comme s'il s'efforçait de lui montrer qu'ils n'ont rien en commun. Par son comportement, il exprime un refus de s'identifier, que son père prend pour un rejet.

Le père d'Olivier et celui de Guillaume sont dans une situation rare. Plus encore que le premier, le second montre la grandeur de certains hommes, assez amoureux pour accepter ce que beaucoup considéreraient comme une trahison insupportable. Cet enfant qu'ils élèvent peut en effet être perçu comme la preuve vivante de l'infidélité de leur femme, sa présence empêche l'oubli et fait naître des sentiments encore plus ambivalents. Mais, en même temps que j'écris ces mots, je me demande si cette faute avouée ne vient pas les délivrer de cette incertitude qui pèse sur tous les pères, aussi enfouie et refoulée soit-elle. Ni le père d'Olivier ni celui de Guillaume ne sont dans le doute, ils savent de façon certaine que cet enfant n'est pas le leur ; cela ne les empêche pas de l'investir, mais l'ambivalence de leurs sentiments est plus avouable et susceptible d'être entendue.

D'un côté, ils se rapprochent des pères d'enfants nés par insémination artificielle avec donneur (IAD), à cette différence près qu'on ne leur a pas demandé leur avis et que le donneur n'est pas anonyme. De l'autre, on pourrait les considérer comme des beaux-pères un peu à part, puisqu'ils ont été présents dès la grossesse de leur femme, l'ont accompagnée et ont reconnu l'enfant dès sa venue au monde. Peut-être faudrait-il trouver un nom pour ces pères-là, non pas dans l'idée de les déposséder de quoi que ce soit, mais pour que l'enfant puisse se reconnaître dans ses origines et s'inscrire ainsi dans une filiation qui l'enracine.

D'un autre côté encore, ils peuvent être considérés comme des pères adoptifs et montrent que, pour que l'adoption soit réussie, il faut que le père la désire et que l'enfant soit adoptable. L'adopté compte au moins autant que l'adoptant. Si Olivier avait eu un caractère plus souple, un parcours scolaire plus harmonieux, son père aurait peut-être pu passer outre sa blessure et sa rancœur, réussissant à voir en lui un prolongement de lui-même et à reconnaître des traits, des attitudes et des valeurs qu'il lui aurait transmis. Au lieu de quoi, il est confronté à un étranger qui lui rappelle en permanence la vérité de ses origines et le renvoie au conflit interne dans lequel il se débat sans arriver à en sortir, empêtré qu'il est dans des sentiments contradictoires.

Ainsi, chacun à leur manière, Olivier et Guillaume montrent que, contrairement à ce que l'on pourrait croire, le biologique n'est jamais accessoire puisqu'il représente une origine sur laquelle l'enfant va pouvoir s'ancrer. Ce besoin d'ancrage est tel que les enfants adoptés, la plupart du temps, n'ont de cesse de retrouver leurs parents biologiques, parce qu'ils ont besoin de savoir d'où ils viennent, besoin de connaître la réalité plutôt que de rester dans un fantasme autour d'un insondable mystère qui toujours menace de les engloutir.

De façon assez remarquable, ils recherchent leur mère avant tout, sans doute parce que, en l'état actuel de la législation, cette recherche est plus susceptible de déboucher. Mais n'est-ce pas aussi parce que l'abandon paternel est plus supportable que l'abandon maternel ? À moins que la mère, en leur racontant son histoire, donne en quelque sorte une existence au père et leur permette ainsi d'accéder à leur propre histoire.

Éprouvent-ils dans un second temps le même besoin de retrouver leur père ? Je l'ignore. En revanche, on constate que lorsque la mère est là, présente, les enfants ont besoin de connaître leur père. Ceux qui sont nés par insémination artificielle avec donneur anonyme – et, depuis trente-cinq ans, ils sont 45 000 – le montrent. Parmi eux, beaucoup font entendre leur voix pour réclamer une levée de l'anonymat, afin, disent-ils, de ne plus être coupés de leur histoire, de connaître leurs antécédents (notamment médicaux), de retrouver une généalogie et non un arbre de famille tronqué de quelques racines. De plus, ils veulent en finir avec les fantasmes angoissants que fait naître l'ignorance de leur origine : comment être sûr qu'ils ne croisent pas leur père sans le savoir, ne l'ont pas déjà vu ? Et, crainte plus répandue encore, comment être sûr qu'ils ne vont pas tomber amoureux d'une demi-sœur ou d'un demi-frère et commettre ainsi un inceste ?

Tous s'accordent à souligner que leur quête ne doit pas être entendue comme un désaveu du seul père qu'ils se reconnaissent, celui qui les a élevés. Ils n'ont pas envie de le remplacer, mais ont besoin de savoir d'où ils viennent pour mieux se construire. Pourtant, dans certains cas, la recherche du père biologique apparaît comme un moyen très particulier d'invalider le père d'accueil, le père du quotidien. Une façon de dire : « Tu n'es pas mon père, parce que tu ne pouvais pas l'être, tu n'en es pas capable, mon vrai père est sans doute plus fort que toi. » Une fois encore, c'est la puissance paternelle qui est attaquée. La stérilité du père pose en effet le problème de son impuissance – alors même qu'un sperme asthénique n'est pas synonyme d'impuissance –, et sans doute l'enfant projette-t-il fantasmatiquement cette asthénie sur l'ensemble de la figure paternelle. À la manière des enfants adoptés, il teste sa solidité, vérifiant au passage que, malgré ses défauts et ses origines troubles, il est aimable. Certains s'appliquent ainsi à se rendre insupportables, comme s'ils reprenaient à leur compte toute la mauvaise part de leur origine biologique, quitte à l'inventer.

Mais cette attitude peut être interprétée comme une défense pour ne pas se laisser envahir par l'image paternelle qu'ils se sont forgée. En effet, le père inconnu demeure un mystère auquel l'enfant va tenter de donner corps en s'inventant parfois un père idéal, bien différent du père idéalisé. Ce dernier naît de la réalité et si l'enfant amplifie ses qualités, il est parfois confronté à des déceptions qu'il s'efforce de surmonter. Rien de tel avec le père idéal, pur fantasme doté de qualités impossibles qu'aucune réalité ne vient jamais démentir. Dans sa quête de substituts paternels dont il a besoin pour se construire, l'enfant sera toujours insatisfait, déçu, personne n'étant susceptible de s'approcher de son idéal. Parvenu à l'adolescence, il renversera cet idéal, le parant cette fois de tous les défauts, pour ne pas se laisser paralyser et écraser.

Cherche père, désespérément

Quand le père est absent ou inexistant, l'enfant est privé d'une part de lui-même, de son histoire et donc de ses fondations, et il n'aura de cesse de trouver des figures paternelles de substitution pour combler cette faille qui menace de l'engloutir et pour réussir à se construire.

Mais quand le père est présent, il n'est jamais à la hauteur des espérances et des attentes que l'enfant avait placées en lui. Sa destinée est de décevoir et d'accepter d'être un objet de déception. Cependant, l'enfant n'oublie jamais qu'il a été auparavant objet de son admiration, et il va souvent s'attacher à d'autres figures qui viendront combler son besoin d'admirer ; elles apparaissent comme autant de « suppléments de père » qui l'aident à composer avec le sien tel qu'il est dans la réalité.

La mort est toujours un abandon

Évoquant la mort de son père, Freud dit qu'elle est « l'événement le plus important, la perte la plus déchirante d'une vie d'homme[1] ». Pour l'enfant, elle apparaît toujours comme un abandon auquel il va devoir survivre, ce qui se révèle plus ou moins difficile selon les circonstances de la mort.

Les parents de Paul et Joanna se sont séparés alors que les deux enfants étaient respectivement âgés de 8 et 5 ans. Le jugement de divorce ayant établi un droit de garde « classique », le frère et la sœur voient leur père un week-end sur deux et la moitié des vacances. Si celui-ci a mal supporté la séparation, il continue cependant à s'occuper d'eux et se montre toujours disponible et attentif.

C'est pourtant lors d'un de ces week-ends que Paul, alors âgé de 10 ans, va le découvrir, pendu dans le garage jouxtant sa maison. À ses pieds, une lettre à l'attention de son ex-femme : « Je ne peux pas vivre sans toi, prends soin des enfants. » Avec

1. *L'Interprétation des rêves,* PUF, 1987.

un sang-froid étonnant, Paul prend un couteau, une échelle, et entreprend de détacher le corps de son père qui tombe au sol, racontant par la suite qu'il n'a eu qu'une pensée : « J'espère que je ne lui ai pas fait mal », montrant par là que, sans doute, il lui était difficile de croire à la réalité de sa mort.

À la suite de cet événement tragique, Paul se replie sur lui-même tandis que Joanna, du haut de ses 7 ans, adopte des conduites à risque qui sont normalement l'une des caractéristiques de l'adolescence : elle dévale les pentes à vélo sans freiner, saute par les fenêtres, escalade des murs trop hauts pour elle… Surtout, elle demande à son frère de l'attacher avec une corde et de la traîner par terre, sous-entendant ainsi : « Puisque tu as joué avec papa, tu peux bien jouer avec moi. »

De ce suicide, on ne dira rien à l'école, pour ne pas inquiéter les autres enfants. Mais peu avant la fête des pères, l'institutrice leur expliquera que cette année ils ne prépareront rien, afin de ne pas blesser leurs camarades. Cette belle intention va pourtant contribuer à délier les langues et à stigmatiser Paul et Joanna.

S'il fallait établir une hiérarchie dans la souffrance, le suicide viendrait en première position avant la mort due à une maladie, l'abandon étant alors volontaire. Le père de ces deux enfants fait ici preuve d'une agressivité explicite à leur égard, puisqu'il choisit un moment où ils sont avec lui pour se tuer et recourt à une mise en scène qui rend la réalité encore plus horrible. Mais, parce qu'elle les remet trop directement en cause et les attaque dans leur identité même, cette agressivité est ingérable et les enfants n'ont d'autre choix que de la retourner contre eux, la transformant en culpabilité : « C'est parce que j'étais mauvais que je ne l'ai pas intéressé, parce que je l'ai déçu qu'il s'est tué. »

Paul, dans un étonnant réflexe de maturité, a fait un geste actif pour tenter de sauver son père ; sans le savoir, sans doute s'est-il aussi sauvé lui-même, au moins en partie, puisqu'il a prouvé qu'il ne souhaitait pas sa mort. Joanna, elle, tente de matérialiser la scène qu'elle n'a pas vue, jouant en quelque sorte le rôle du père, comme si elle voulait le ressusciter et permettre à son frère de le sauver « pour de vrai », ou presque, pour mieux la sauver elle-même.

Comme on l'observe souvent en cas de disparition du père, l'un des enfants reprend à son compte la responsabilité paternelle : soit l'aîné, parce que c'est le rôle qui lui revient de manière ancestrale, soit celui qui était le plus investi par le père. Dans les deux cas, il agit toujours par désir de protéger sa mère et par identification à un père idéalisé et à ce qu'il aurait dû être. Mais l'identification avec le père de la réalité devient source d'angoisse : comme il s'est suicidé, l'adolescent craint de reproduire son geste, dans une espèce de fatalité contre laquelle il a l'impression de ne pas être en mesure de lutter. Pour Paul et Joanna, le travail de deuil risque d'être long et difficile ; ils doivent parvenir à exprimer leur colère et leur désarroi, accepter la démission de ce père qui a abandonné sa responsabilité et ses devoirs envers eux et réussir à lui en vouloir de son suicide, afin de ne pas l'idéaliser malgré tout. Un père dont le souvenir est encombrant, voire honteux et qu'il va falloir tenir à une distance acceptable afin qu'il ne représente pas une menace pour leur devenir. Plus que d'autres encore, ils auront besoin de trouver un père de substitution dont la présence viendra relancer la temporalité figée par le deuil et soutenir leur narcissisme si durement ébranlé.

Si les pères savaient les ravages qu'ils provoquent en mettant fin à leurs jours, cela les convaincrait-il de renoncer au suicide ? Quand on choisit d'être père, on devrait savoir que c'est pour la vie et qu'on n'a pas le droit de se soustraire de cette façon-là.

Mais il arrive aussi que les pères meurent sans l'avoir choisi. Lorsque Jonas avait 4 ans, son père, atteint d'un cancer osseux, a dû être amputé d'une jambe. Quand il lui a annoncé qu'il ne pourrait plus jouer au foot avec lui, Jonas a eu une réaction violente de rejet : « Tu es méchant ! Tu n'es plus mon papa ! » À partir de ce moment, il a commencé à avoir des difficultés d'endormissement, des cauchemars récurrents, voire des terreurs nocturnes. Paradoxalement, ces troubles du sommeil ont cessé spontanément à la mort du père, quatre ans plus tard. Jonas est alors en CE2 et va plutôt mieux. Mais voilà que la vie se met à bégayer : son oncle paternel, dont il s'était beaucoup rapproché depuis la mort du père, est lui aussi atteint d'un cancer osseux et meurt en quelques mois. Jonas se met alors à avoir des douleurs à la jambe droite, qui se couvre de bleus et l'oblige à boiter. Quand je le vois, il a subi une biopsie qui n'a rien révélé, mais sa jambe est totalement immobile, inerte, et il marche avec des béquilles.

La mort de son oncle est venue réveiller la douleur de la mort de son père, le privant de nouveau d'une figure paternelle. Jonas peut croire à une hérédité familiale qui condamne les hommes à développer un cancer des os. Sa crainte se traduit physiquement, à travers une somatisation. Dans une identification morbide, il reprend le symptôme paternel ; comme lui, il a une jambe droite invalide qui l'empêche de jouer au foot. Il incorpore le père comme pour le faire survivre à travers lui, luttant ainsi contre la perte.

La mort représentant toujours un abandon, l'enfant éprouve un certain ressentiment pour ce père qui s'en va sans plus se préoccuper de lui. Mais, là encore, cette agressivité est trop douloureuse à porter, et la culpabilité permet d'y échapper ; alors il se reproche de n'avoir pas réussi à l'empêcher de mourir, de ne pas l'avoir assez aimé. Plus il est jeune, plus cette mort est supportable pourrait-on dire, puisque, jusqu'à l'âge de 6 ans environ, il la croit réversible ; son père finira bien par revenir, pense-t-il. Et il va garder de lui une image d'autant plus idéalisée que son héros, fauché en pleine gloire, n'aura pas eu le temps de le décevoir. Passé le temps du deuil, le père mort est toujours idéal – ou presque –, ce qui permet à l'enfant et à l'adolescent d'imaginer que, s'il avait vécu, il aurait été un père formidable, à nul autre pareil ; il l'aurait aimé, entouré, protégé, soutenu, compris dans une relation fantasmée qui fait l'impasse sur toute déception et tout conflit. C'est ce que l'enfant se raconte, et qu'il se racontera toute la vie puisqu'aucune réalité ne viendra jamais mettre à mal l'idéalisation. Il revisite ses souvenirs, les enjolive, jusqu'à ne plus savoir s'ils sont vrais ou non, mais ils lui sont essentiels, parce qu'ils l'assurent de la qualité paternelle, de son exemplarité, que rien ne démentira jamais.

Ainsi, le souvenir du père offre une protection. La mère joue ici un rôle important : elle l'évoque devant ses enfants, parle de lui et de ce qu'il a été, évitant de faire de la mort un sujet tabou ; mais elle ne doit pas pour autant ériger un mausolée à la mémoire du défunt, car il risquerait de devenir une prison qui empêche les projections vers l'avenir. C'est par sa capacité d'investir d'autres hommes (son propre père, un ami, un amant, un patron) qu'elle va lui laisser entendre que d'autres que son père peuvent être objets d'admiration, détenir un certain pouvoir. Pour grandir, en effet, l'enfant ne peut se contenter de souvenirs. Même s'il sait que l'amour de sa mère lui est acquis, même s'il a eu le temps d'intégrer la figure du père symbolique – ce qui est déjà beaucoup –, ce n'est pas suffisant. Il a besoin du regard d'un père pour le valoriser, asseoir et consolider son narcissisme. Besoin d'un père qui lui donne l'élan pour aller de l'avant, progresser et réussir, qui va étancher sa soif de reconnaissance et constituer pour lui ce marchepied vers la gloire que nous évoquions tout à l'heure.

Comment ne pas penser ici à Albert Camus ? Il n'a pas connu son père, mort à la guerre alors qu'il n'était encore qu'un tout petit enfant. Il grandit dans un milieu plus que modeste, entre une mère effacée, sourde, presque muette, qui fait des ménages, une grand-mère énergique et un oncle un peu simple d'esprit, mais qu'il aime et respecte. La pauvreté est telle que, même si Albert va à l'école, sa grand-mère attend impatiemment la fin du primaire pour le mettre au travail afin qu'il rapporte un peu d'argent qui manque toujours. M. Germain, son instituteur, va pourtant changer le cours de sa vie : ayant repéré les grandes capacités de cet enfant, il décide de le présenter à la bourse des lycées et collèges, afin de lui permettre de poursuivre ses études et d'aller jusqu'au baccalauréat.

Lorsque, bien des années plus tard, en 1957, Albert Camus recevra le prix Nobel de littérature, il écrira à M. Germain : « … Quand j'ai appris la nouvelle, ma première pensée, après ma mère, a été pour vous. Sans vous, sans cette main affectueuse que vous avez tendue au petit enfant pauvre que j'étais, sans votre enseignement, et votre exemple, rien de tout cela ne serait arrivé. »

Son histoire, il la raconte dans *Le Premier Homme*[1], manuscrit inachevé sur lequel il était en train de travailler au moment de sa mort. Les noms ont changé mais c'est bien d'une autobiographie qu'il s'agit. Et à propos de l'instituteur, appelé ici M. Bernard,

1. Éditions Gallimard, 1994.

Camus écrit : « Celui-là n'avait pas connu son père, mais il lui en parlait souvent sous une forme un peu mythologique et, dans tous les cas, à un moment précis, il avait su remplacer ce père. C'est pourquoi Jacques[1] ne l'avait jamais oublié, comme si, n'ayant jamais éprouvé réellement l'absence d'un père qu'il n'avait pas connu, il avait reconnu cependant inconsciemment, étant enfant d'abord, puis tout au long de sa vie, le seul geste paternel, à la fois réfléchi et décisif, qui fût intervenu dans sa vie d'enfant. Car M. Bernard, son instituteur de la classe du certificat d'études, avait pesé de tout son poids d'homme, à un moment donné, pour modifier le destin de cet enfant dont il avait la charge, et il l'avait modifié en effet. »

En quelques phrases, tout est dit de ce que doit être un père de substitution : il ne prend pas la place du père, mais sait accomplir le geste que celui-ci ne peut plus faire. Et, à travers son histoire bouleversante, Albert Camus montre de façon presque exemplaire ce que peut être le destin d'un petit garçon orphelin d'un père inconnu : il réussit à grandir grâce à l'amour de sa mère et ne semble pas souffrir de l'absence paternelle. Néanmoins, il a besoin qu'un autre croie en lui et en ses capacités, et lui serve à un moment de marchepied vers la gloire. Pourtant, devant la tombe sur laquelle il se rend pour la première fois alors qu'il est déjà un homme, Camus finira par réaliser qu'en fin de compte il avait passé

---

1. Qui n'est autre qu'Albert Camus, bien évidemment.

toute sa vie à chercher inconsciemment son père : « … Il n'avait jamais pensé à l'homme qui dormait là comme à un être vivant, mais comme à un inconnu qui était passé autrefois sur la terre où il était né, dont sa mère lui disait qu'il lui ressemblait, et qui était mort au champ d'honneur. Pourtant, ce qu'il avait cherché avidement à savoir à travers les livres et les êtres, il lui semblait maintenant que ce secret avait partie liée avec ce mort, ce père cadet, avec ce qu'il avait été et ce qu'il était devenu et que lui-même avait cherché bien loin ce qui était près de lui dans le temps et dans le sang. »

Le père fantôme

Homme d'affaires très pris par son travail qui l'oblige à de fréquents déplacements, le père de Jean est presque toujours absent. Tout comme sa mère, qui travaille elle aussi et voyage régulièrement. L'enfance de ce garçon a été bercée par une succession de nounous chargées de veiller sur lui à la place de ses parents qui ne voulaient pas sacrifier leur carrière. Seuls points fixes dans cette ronde incessante : la grand-mère maternelle, présente dès qu'on a besoin d'elle, et un demi-frère, de sept ans son aîné, né d'une première union de la mère.

Mais voilà que, presque en même temps, ces deux repères le lâchent. La grand-mère, décrite comme dynamique et parfaite, s'éloigne pour se rapprocher de son autre fille qui vient d'avoir un enfant, et le grand frère prend son indépendance. Jean a alors 14 ans et vient consulter, avec son père, pour de gros troubles du sommeil et une impulsivité entraînant des passages à l'acte qui demandent à être surveillés.

Jean ou l'histoire d'un pauvre petit garçon riche ; histoire d'un abandon qui ne dit pas son nom. À sa manière très particulière, Jean peut être considéré comme un orphelin, victime d'un rejet, d'une incapacité parentale, qui ne lui permettent pas de s'insérer dans un schéma familial. Dans sa famille, tout se passe comme si personne ne le voyait ni ne tenait compte de son existence et de ses besoins ; et lui ne croise que des passants qui jamais ne prennent le temps de s'arrêter. Dans le fond, la famille de Jean est une famille fantôme où tout le monde est là sans l'être vraiment, et où tous les rôles sont brouillés, entraînant une perte de repères et une difficulté à se construire.

Ainsi la grand-mère, figure tutélaire, n'est-elle pas seulement une grand-mère. Avec sa fille, elle semble former un couple. Cela a commencé au décès du grand-père maternel, mort jeune d'une hémorragie cérébrale. À partir de ce moment, la mère de Jean s'est soudée à sa propre mère et elle dit qu'ensemble elles ont élevé sa jeune sœur. Son mariage ne changera pas grand-chose à ce fonctionnement puisque, de façon assez remarquable, elle a choisi un mari absent – comme son père –, et c'est à sa mère qu'elle fait appel pour veiller sur ses enfants, là où d'autres se seraient organisées avec leur compagnon pour se relayer auprès d'eux, sans qu'aucun des deux n'ait l'impression de se sacrifier.

Cette relation si proche entre mère et fille est source de confusion et cette grand-mère fait à la fois office de grande sœur, de tante, quand ce n'est pas de mère, voire de père. Mais, aussi sympathique soit-elle, et quelle que soit sa bonne volonté, elle est complice des parents, puisqu'elle admet qu'ils abandonnent Jean et lui délèguent les responsabilités qu'ils n'ont pas le temps d'exercer.

Autre figure à peu près stable dans la vie de Jean, son grand frère qui est investi comme image paternelle. En l'absence de ses parents – qui s'apparente à une démission –, ce garçon s'est construit comme il a pu, en réinventant une famille improbable, formée de couples à géométrie variable : ses parents, sa mère et sa grand-mère, son frère et lui, et en cherchant un semblant de stabilité à travers tous les personnages chargés de pallier les absences parentales – la grand-mère et le frère donc, mais aussi les nounous. Cependant, pour se construire et développer une sécurité intérieure satisfaisante, l'enfant a besoin de continuité et de permanence, surtout dans les premiers temps, et si les parents ne sont pas là pour l'assurer, il faut que quelqu'un soit désigné pour les remplacer, représentant un repère stable sur lequel il peut s'appuyer ; une seule personne et non plusieurs, comme c'est le cas pour Jean qui est passé de bras en bras, la multiplicité des repères ne pouvant compenser l'absence de repère initial et entraînant des incertitudes et des fragilités que rien ne semble pouvoir apaiser. Voilà sans doute pourquoi le départ presque simultané de la grand-mère et du frère aîné va dynamiter l'équilibre si précaire de ce garçon, le priver de ces points de repère auxquels il tentait de s'accrocher, aussi incertains fussent-ils. Dans cette famille où, dans le fond, nul ne sait plus qui est qui ni qui fait quoi, comment Jean pourrait-il savoir qui il est, alors même que l'adolescence débutante vient le sommer de répondre à cette question ? Pour l'aider à y répondre, il convoque son père.

Un père qui n'a jamais été là : ni pour jouer, ni pour lire des histoires, ni pour partager des activités. Il n'a jamais été là quand son fils avait besoin de lui – et la mère n'était pas davantage présente pour lui assurer qu'il veillait malgré tout, même à distance –, ce qui a induit une grande insécurité que l'enfant a tenté de colmater à travers son grand frère. Aussi le départ de ce dernier laisse-t-il Jean devant le vide de l'absence du père. L'abandon fraternel vient souligner l'abandon paternel. Désormais, il est seul, comme orphelin. Comment réussir à accrocher ce père si lointain et si distant ? Jean ne dort plus, fait des cauchemars… Calculant le décalage horaire, il pense alors qu'il peut appeler son père sans le réveiller et lui demander de l'aide. Mais le père l'envoie promener, Jean le dérange, il est en plein travail, il n'a pas le temps, ce n'est jamais le moment. Ces coups de fil ne font que confirmer une réalité insupportable : son père ne peut pas s'occuper de lui, c'est donc le signe qu'il ne l'intéresse pas, n'est pas aimable. À défaut de pouvoir parler à ce père qui ne lui a sans doute jamais parlé, un peu comme un nourrisson privé du langage, Jean développe un symptôme qui vient exprimer son désarroi et la demande qui est la sienne : « Regarde-moi ! Protège-moi ! Prends soin de moi ! »

On pourrait dire que, d'une certaine façon, il réussit à se faire entendre, puisque c'est son père qui l'accompagne à la consultation. Et celui-ci semble tout aussi déboussolé par le départ du grand frère sur lequel il s'appuyait inconsciemment pour pallier ses absences et ses manques. Père et fils sont pareillement perdus et démunis. Étrangers l'un à l'autre. Entre eux, les troubles du sommeil esquissent un premier lien. Fragile.

Cet homme a cru qu'il suffisait de mettre un enfant au monde pour être père. Il donne l'impression de découvrir soudain qu'il ne s'agit pas d'un rôle subalterne et que, même si cela peut apparaître comme un métier à temps partiel, cela n'empêche pas qu'il faille assurer un nombre d'heures minimum. Bien sûr, il aime son fils, dit-il, mais il a cru qu'il pouvait se passer de lui. Réussira-t-il à rattraper le temps perdu ? Il est encore trop tôt pour le dire. Ayant pris conscience de sa défaillance, il semble décidé à réagir et à se consacrer davantage à Jean, mais rien ne peut garantir que celui-ci pourra pardonner et reconnaître l'autorité de ce quasi-inconnu, à qui, peut-être, il fera payer son abandon en le provoquant sans cesse.

L'histoire montre que le père, loin d'être accessoire, paraît bien essentiel. Tellement indispensable que, s'il vient à manquer, l'enfant va chercher quelqu'un qui puisse en tenir lieu. Le beau-père, on l'a vu, se révèle parfois à la hauteur de cette tâche. Dans d'autres cas, l'enfant se tournera prioritairement vers les hommes de son entourage – un parrain, un oncle, un ami proche – et les reconnaîtra d'autant mieux comme substituts paternels qu'ils seront investis par sa mère comme pères possibles, susceptibles de tenir un rôle qu'elle ne peut pas assumer seule.

Jean, lui, s'est raccroché à son grand frère, seule image masculine pérenne dans son monde dominé par les femmes, qu'il a revêtu hâtivement d'habits trop grands pour lui. Il projette sur lui plus qu'il ne peut donner et lui attribue une mission qu'il ne peut pas remplir. Le frère, lui, n'a rien demandé, rien choisi. Sans doute n'a-t-il même pas conscience des attentes de son cadet, et il part vivre sa vie, sans songer à ce que cela peut provoquer chez ce demi-frère dont il ne veut pas s'encombrer. Sauf dans les cas où le père est mort et où la différence d'âge entre aîné et benjamin est assez importante, un grand frère ne peut pas tenir le rôle du père. Si son statut d'aîné lui confère une position d'autorité, s'il est objet d'admiration et d'envie, s'il peut constituer un modèle identificatoire précieux, dans l'ordre des générations, il reste l'égal du (ou des) plus jeune(s).

Pour qu'un père de substitution puisse être satisfaisant, il ne suffit pas que l'enfant jette son dévolu sur lui, voyant en lui un père possible, susceptible de répondre à ses attentes et à ses besoins. Il faut que, de l'autre côté, l'homme pressenti lui reconnaisse une place particulière dans sa vie et accepte de jouer ce rôle. Entre l'enfant et un père de substitution, il doit y avoir reconnaissance et adoption réciproques. Si le père relève parfois de l'illusion, le père de substitution a besoin d'avoir une consistance réelle.

L'admiration, toujours

Thomas, 17 ans, est en terminale L et se rêve diplomate, un métier qui l'attire depuis plusieurs années. C'est un garçon intelligent, qui s'exprime avec un vocabulaire riche et choisi et dans une syntaxe parfaite, disserte plus volontiers sur les idées que sur la réalité concrète, fait preuve de curiosité et d'ambition. Ses résultats scolaires ont toujours été inégaux : s'il lui arrive de donner le meilleur de lui-même et de montrer toutes ses capacités dans les matières qui l'intéressent, le reste du temps, il plafonne à une petite moyenne dont il semble se contenter. Mais, depuis la rentrée de janvier, ses notes chutent, ce qui n'a rien de surprenant puisqu'il s'est mis à fumer du haschisch quotidiennement, parfois même dès le réveil, et sèche les cours dès qu'il peut. Malgré le baccalauréat qui approche, tout cela n'a pas l'air de l'affoler, parce que « tous les professeurs sont des nazes », bougonne-t-il avant d'affirmer : « Je n'ai pas besoin d'eux pour réussir. »

Thomas est le deuxième d'une fratrie de quatre enfants. Sa sœur aînée est étudiante en psychologie, son frère et son autre sœur, plus jeunes, poursuivent une scolarité sans histoires. Sa mère tient un magasin de vêtements, son père est technicien en électronique. Les deux m'apparaissent sympathiques, ouverts… et assez déboussolés par les difficultés de leur fils dont ils croyaient l'avenir tout tracé. Ils disent qu'il avait commencé son année de terminale avec un enthousiasme qui s'est envolé d'un seul coup, sans qu'ils en comprennent la raison, mais ils constatent que le comportement de Thomas a changé du tout au tout.

Il a d'abord refusé de consulter. S'il a finalement accepté, m'explique sa mère, c'est parce que je suis un psychiatre connu qui écrit des livres, ce qui lui laisse espérer que je serai « moins nul que les autres » (*sic !*). D'ailleurs, au début de notre entretien, Thomas répond à mes questions par d'autres questions, visiblement plus intéressé par ma carrière et mon opinion sur l'avenir de la psychiatrie et la géopolitique que par ses propres difficultés. Mais je ne suis pas dupe : il cherche moins à me flatter qu'à me montrer l'étendue de ses connaissances et par son attitude de séduction tente d'établir une connivence entre nous. Il semble attendre une reconnaissance de ma part davantage qu'une aide et un soutien.

L'expérience m'a appris à me méfier de ces patients trop enthousiastes… et l'avenir me donnera bientôt raison. Alors qu'il était sorti enchanté de notre première consultation, me dira sa mère, au bout de trois fois, il commence à me trouver « médiocre et décevant, comme tous les autres » et, s'il continue à venir aux rendez-vous, c'est en traînant les pieds. Il est nettement moins loquace, parle à contrecœur, mais suffisamment pour que je comprenne peu à peu son fonctionnement et surtout son attente.

L'entrée en terminale a permis à Thomas de découvrir la philosophie, matière qui l'a tout de suite passionné : « J'aime la réflexion, les questionnements, les idées, la structuration de la pensée, enfin, tout ce qui est vraiment intellectuel », explique-t-il alors que ses résultats actuels et son absentéisme laissent supposer que la philo l'ennuie à présent, comme le reste. Mais tout ça, « c'est la faute du prof », un professeur dont il a d'abord du mal à parler autrement qu'en le dénigrant, avant de reconnaître du bout des lèvres qu'au début il l'a trouvé « génial ».

Plus encore que la rencontre avec la philosophie, c'est la rencontre avec ce professeur qui a été pour lui une révélation. Un homme d'une quarantaine d'années, « supérieurement intelligent et original », qui lui a ouvert les portes d'un monde. Chacun de ses cours était l'occasion d'exposés brillants, suivis de discussions qui se poursuivaient parfois dans un café. Face à ce professeur, Thomas pouvait s'exprimer librement, il était toujours entendu et reconnu. Il l'admirait et se sentait admiré en retour, avait l'impression d'être le préféré, choisi parmi les trente élèves de sa classe, se sentait comme un disciple.

Et puis, sans qu'il en comprenne la raison, le professeur a changé d'attitude à son égard. Tout a commencé avec une dissertation sur le don : le professeur l'a « saqué », lui reprochant d'être trop fantaisiste et pas assez rigoureux dans son raisonnement, ce qu'il a mal pris. À partir de là, pendant les cours, le professeur s'est mis à le critiquer ouvertement devant les autres, l'a prié de ne pas intervenir à tout propos, le mettant en garde contre sa suffisance ; il n'avait plus jamais le temps de discuter et conseillait plutôt à Thomas de travailler et de lire davantage… L'adolescent raconte tout cela avec une colère derrière laquelle il tente de dissimuler une réelle tristesse. Il a idéalisé ce professeur, l'a paré de toutes les qualités ; il l'a vu génial et s'est vu génial dans son regard, avant de s'y découvrir médiocre et de le trouver médiocre à son tour. Il s'est trompé et il s'en veut.

Le père de Thomas est un homme de grande qualité. Son fils dit d'ailleurs qu'il le respecte, même si, bien entendu, il lui « prend la tête ». Il le décrit comme un homme droit qui a de vraies valeurs. Il a beaucoup donné à sa famille et aussi à son métier qu'il exerce avec honnêteté. Il est exigeant, ne transige pas avec le respect des règles, quitte à être parfois « un peu rigide, trop à cheval sur ses principes ». Bien sûr, Thomas pourrait lui reprocher des choses, de manquer un peu de fantaisie et d'ambition, par exemple, mais « rien de grave », assure-t-il avant de conclure : « De toute façon, c'est mon père. »

De son côté, le père confirme cette bonne relation. Il constate que, comme tous les adolescents, « Thomas a pas mal rué dans les brancards », mais il en aurait fallu bien davantage pour le déstabiliser. Il se déclare fier de son fils et de ses ambitions. « Ma femme et moi, nous ne sommes pas des intellectuels, reconnaît-il, alors nous sommes heureux de voir que nos enfants sont plutôt doués pour les études, en tout cas plus que nous. » Il fait confiance à Thomas qui a tout pour réussir, c'est pourquoi il comprend d'autant moins son attitude des derniers mois, alors qu'il est si près de toucher au but. Préoccupé, il s'interroge : « Je voudrais bien savoir ce qu'il cherche. »

Comment lui dire que Thomas cherche un père ? Un père idéal, et plus encore idéalisable. Apparemment, il accepte le sien comme il est, mais, dans le fond, il a du mal à s'en contenter ; il l'aurait voulu plus glorieux, plus héroïque. Sous ses allures de jeune adulte plutôt mature, Thomas est encore un enfant en mal de reconnaissance. La fierté de son père le satisfait dans la mesure où elle lui prouve son affection et son soutien, mais elle ne le comble pas. Le professeur de philosophie, tout auréolé de son prestige d'intellectuel, lui a sans doute semblé plus à même de lui offrir une reconnaissance qui viendrait le rassurer davantage.

Il y a un Thomas qui sommeille en chacun de nous. Un enfant désireux de s'émerveiller et d'admirer et qui, pour combler sa soif, court après l'image du père-héros auprès duquel il a passé ses premières années, ce père idéalisé qui lui a donné envie de grandir, de l'égaler et de le dépasser pour mieux se dépasser lui-même. Le père de la réalité n'est jamais à la hauteur de cette idéalisation, mais la déception inévitable n'empêche pas, une fois passées les tempêtes adolescentes, d'être fier de lui et de l'admirer pour ce qu'il est et a réussi.

Cependant, chacun reste un peu orphelin du père idéalisé de l'enfance, qui nous a transmis des rêves de gloire que nul n'oublie jamais tout à fait. Pour les incarner, les enfants et les adolescents se choisissent un ou des héros : sportifs, vedettes de la chanson ou stars de cinéma, personnages de roman parfois, qui vont servir de supports identificatoires. Mais ce n'est pas toujours suffisant car, même si ces héros donnent parfois l'impression de s'adresser à chacun en particulier, ils restent à distance et l'admiration est à sens unique.

Or, c'est de regard que nous avons besoin. Et même si nous lisons la fierté dans les yeux de notre père de la réalité, c'est bien après le regard d'admiration du père-héros que nous courons sans cesse. Il arrive que nous le rencontrions à travers des « suppléments de père » – que d'autres appelleraient des pères spirituels ou encore des maîtres : des hommes qui s'approchent de l'image fantasmée, chez qui nous trouvons des qualités manquant à notre père – au moins une –, que l'on peut admirer et qui vont nous admirer en retour, assez pour accepter de nous transmettre un peu de ce qu'ils sont et de ce qu'ils savent. Des hommes avec lesquels la relation repose sur un choix librement consenti et une affection réciproque, ce qui lui donne d'autant plus de prix. Des hommes qui viennent, non pas remplacer le père, mais le compléter, en nous ouvrant d'autres mondes et en nous donnant l'opportunité de nous consolider en étayant notre narcissisme. Les « suppléments de père » nous offrent ainsi des suppléments de gloire.

En conclusion

À la vie, à la mort

Dès son adolescence et ses premières expériences amoureuses et sexuelles, Lorenzo s'est senti attiré par les garçons. Sa mère l'a accepté, recevant ses copains à la maison ; macho comme en engendre parfois la péninsule italienne dont il est originaire, le père ne l'a pas supporté et a décidé de quitter la maison. Pour lui, il s'agissait de marquer son opposition aux choix amoureux de son fils, mais en aucun cas d'une séparation conjugale. Pourtant, quelques mois plus tard, constatant que son mari campait sur sa position de refus, sa femme a demandé le divorce, tout étonnée de s'apercevoir qu'elle avait épousé « un imbécile ». Elle a rencontré par la suite un homme avec lequel elle s'est installée et qui s'est toujours montré attentif envers Lorenzo et respectueux de ses choix.

L'adolescent s'est très vite attaché à ce beau-père chaleureux et tolérant, continuant malgré tout à voir son père de temps à autre, avec, dit-il, « le secret espoir qu'il change enfin d'attitude et passe outre ses préjugés ». Mais les rencontres étaient toujours brèves et décevantes, le père n'hésitant pas à faire des remarques blessantes et le fils s'efforçant de parler le moins possible de lui-même et de ce qui lui tenait à cœur. À 18 ans, Lorenzo a cessé de voir son père, mettant fin à une relation « insupportable et fausse avec un abruti caricatural ». Il venait de découvrir sa séropositivité et ne voulait surtout pas que son père l'apprenne : « Il serait trop content, dirait que c'est ma faute, que si j'avais été normal, ça ne me serait pas arrivé… »

Sa mère a respecté sa décision jusqu'au jour où Lorenzo, âgé de 21 ans, a développé une infection gravissime ; son fils étant en danger, elle souhaitait qu'il renoue avec son père, mais il refusait catégoriquement de reprendre contact avec lui. Comme elle me demandait mon avis, je lui ai conseillé d'écrire à son ex-mari pour l'avertir de la situation, tout en lui précisant que Lorenzo refusait de le revoir.

À la lecture de sa lettre, le père dit qu'il a cru devenir fou ; il voulait aller à l'hôpital, mais ne se sentait pas autorisé à le faire, il n'osait pas davantage l'appeler et harcelait son ex-femme au téléphone pour qu'elle lui donne des nouvelles, la suppliant de plaider sa cause auprès de leur fils. À court d'arguments, elle a finalement suggéré qu'il écrive à Lorenzo pour tenter de réamorcer le dialogue.

Que disait-il dans sa lettre ? Le père ne le révélera pas quand je le recevrai en consultation et Lorenzo ne lui répondra pas. Il ne répondra pas davantage à celles qui suivront ; il affirme qu'il les déchire sans même les lire, répète qu'il n'a pas besoin d'un père pareil, qui ne l'a jamais compris et qui va encore le culpabiliser au lieu de le réconforter.

Au fil des semaines, l'état de santé du jeune homme ne cesse de se dégrader. Sans aucune illusion quant à ses chances de survie, il fait part de ses dernières volontés à sa mère : il ne veut pas être incinéré, mais inhumé dans le caveau de famille où, le temps venu, il désire que son ami puisse être enterré à son tour ; et il consent à ce que son père assiste à son enterrement.

Lorenzo est mort sans le revoir. Mais sa mère a trouvé dans le tiroir de sa table de chevet une lettre de son père, ouverte, lue et relue sans doute, car un peu chiffonnée et cornée, et elle l'a glissée dans le cercueil.

Cette histoire tragique n'en est pas moins exemplaire car elle montre toute l'ambivalence de cette relation au père, dont Freud disait « qu'elle renfermait en elle deux motions affectives opposées, pas seulement une motion de soumission tendre, mais aussi une motion de défi hostile ».

Lorenzo a été victime d'un acte de rejet absolu de la part de son père mais, à travers sa maladie, il ne s'est plus contenté de ce rôle de victime et a repris au contraire un rôle actif, trouvant la force de rejeter son père à son tour. Il le lui a fait payer, en le réduisant à rien.

Pourtant, comme toujours, les choses sont plus complexes qu'elles n'en ont l'air. De la part d'un enfant ou d'un adolescent, le rejet m'apparaît comme une ultime tentative d'obtenir ce qu'il attend et espère : la reconnaissance paternelle. On l'observe dans les cas de séparation : le père qui s'en va est un père qui abandonne et, même si, dans une position d'identification maternelle, l'enfant se sent délaissé, il déploie toutes les stratégies possibles pour qu'il ne l'oublie pas, comme s'il voulait reconquérir ce père volage. Mais s'il n'obtient pas les preuves d'attachement qu'il désire, si le père ne se montre pas à la hauteur de ses espérances et de la confiance qu'il a placée en lui, l'enfant le rejette. Néanmoins, son attitude repose sur un pari : parce qu'il sait que son père l'aime, il est persuadé qu'il ne pourra pas accepter de ne plus le voir et qu'il lui reviendra.

N'est-ce pas ce qu'attendait Lorenzo ? En refusant de le voir, il testait la réalité et la consistance de l'attachement paternel, et sans doute espérait-il que son père passerait outre son interdiction et viendrait lui rendre visite à l'hôpital avant qu'il meure.

Le père n'a pas compris cet appel. Plus exactement, la culpabilité l'a empêché de voler auprès de lui pour lui montrer qu'il l'acceptait comme il était. Voilà pourtant ce que tout enfant attend : la reconnaissance paternelle de sa différence et de sa singularité. Il l'obtient rarement d'emblée, mais l'opposition du père met son désir à l'épreuve et lui permet d'assumer ses propres choix et son devenir.

Face à la mort prochaine, le père de Lorenzo a souhaité reprendre ce rôle auquel il avait renoncé en le rejetant. Comme beaucoup, hélas, il n'a pas supporté l'homosexualité de son fils, en partie parce qu'elle interrompait la chaîne de transmission, en partie parce que cela l'empêchait de se retrouver à travers lui. A-t-il eu à son égard des vœux de mort, même inconscients ? Voilà en tout cas que le fantasme prend corps dans la réalité et il a pu imaginer avoir provoqué malgré lui la maladie de Lorenzo.

Existe-t-il plus grande douleur que la mort d'un fils ou d'une fille ? Hommes ou femmes, nous faisons des enfants pour qu'ils nous prolongent. Nous leur donnons la vie que nous quitterons avant eux, en espérant leur avoir transmis toutes les armes pour l'affronter et demeurer dans leurs souvenirs.

Pour le père de Lorenzo, la mort de son fils est plus insupportable encore parce qu'elle le met en face de son échec. Il ne s'est pas comporté comme un père pendant la vie de celui-ci, il veut le redevenir au moment de sa mort, lui apporter enfin le soutien et le réconfort qu'il n'a pas su lui donner, « parce que c'est ma place », disait-il lorsque je l'ai vu. « J'aurais pu supporter l'idée de mourir avant lui, sans le revoir, mais là, c'est différent, je veux être près de lui. Je le dois. »

Comment ne pas songer au Christ qui, mourant sur la croix, interroge : « Père, pourquoi m'avez-vous abandonné ? » Jusqu'au bout, Lorenzo aura appelé son père, car il avait besoin que le soutien qu'il attendait de lui devienne enfin réel. Jusqu'au bout il l'aura cherché, espéré ; et jusqu'au bout, sans doute, son père aura cherché à retrouver en lui le fils idéal dont il avait rêvé, cet idéal l'empêchant de reconnaître la richesse de Lorenzo tel qu'il était. Mais l'un et l'autre ne sont jamais parvenus à se rejoindre, sinon à l'heure de la mort.

Nul n'en finit jamais avec son père…

Table

Marcel Rufo
dans Le Livre de Poche

Détache-moi ! Se séparer pour grandir n° 30854

À la naissance, le bébé ne fait qu'un avec sa mère. C'est le temps de la fusion, où il puise assurance et force. Cependant, il faut grandir et, pour cela, prendre de la distance, afin de gagner de nouveaux territoires d'autonomie et de liberté. Mais peut-on se séparer sans peine ?

Frères et sœurs, une maladie d'amour n° 15550

On pourrait dire que la fratrie est une maladie – une maladie d'amour chronique avec ses instants de complicité, ses bonheurs partagés, ses souvenirs communs, mais aussi ses moments de crise, ses rivalités et ses jalousies. Tout commence avec l'arrivée du second…

Œdipe toi-même ! n° 15286

Faut-il dire toute la vérité aux enfants sur leurs origines ? Qu'est-ce que la rivalité fraternelle ? Comment se construit l'identité sexuelle ? Pourquoi s'invente-t-on un roman familial ? À quoi servent les symptômes et faut-il les guérir à tout prix ?

Regards croisés sur l'adolescence n° 31115
(avec Martine Choquet)

Partant de leurs constats respectifs sur les adolescents – celui du clinicien et celui de l'épidémiologiste –, les auteurs tentent de mieux comprendre l'évolution des jeunes d'aujourd'hui, leurs préoccupations, leurs attitudes face à l'adulte, à l'école comme en famille, leur mode d'expression quand ils vont mal et les points d'ancrage possibles pour la prévention et le soin.

Tout ce que vous ne devriez jamais savoir sur la sexualité de vos enfants n° 30383

Les bébés ignorent qu'ils ont un sexe. Ils vont le découvrir et se l'approprier peu à peu, à travers des expériences fondamentales qui les amèneront d'une sexualité infantile, faite essentiellement de sensorialité, à la sexualité agie de l'adolescence.

La Vie en désordre n° 31472

L'adolescence est synonyme de perte : perte de la pensée magique de l'enfance, des illusions sur soi et sur le monde. C'est pourquoi elle constitue un terrain favorable à l'apparition de troubles psychiques. Mais un grand nombre de ces troubles, parfois spectaculaires, sont en fait transitoires. À la fois livre de souvenirs et réflexion sur l'exercice du métier de pédopsychiatre, *La Vie en désordre* est un plaidoyer pour une psychiatrie humaniste, inventive et optimiste, éloignée des dogmes.

Du même auteur :

L'Abécédaire de Marcel Rufo, Éditions Anne Carrière, 2010.

Élever bébé : 2011, Hachette Pratique, 2010.

Comment aider bébé à dormir, Hachette Pratique, 2009.

Élever bébé : 2009, Hachette Pratique, 2009.

Regards croisés sur le handicap, en collaboration avec Luc Leprêtre, Éditions Anne Carrière, 2008.

La Vie en désordre, Éditions Anne Carrière, 2007.

Regards croisés sur l'adolescence, en collaboration avec Marie Choquet, Éditions Anne Carrière, 2007.

Détache-moi ! Se séparer pour grandir, Éditions Anne Carrière, 2005.

Tout ce que vous ne devriez jamais savoir sur la sexualité de vos enfants, Éditions Anne Carrière, 2003.

Élever bébé : de la naissance à six ans, en collaboration avec Christine Schilte, Hachette Pratique, 1998.

Frères et sœurs, une maladie d'amour, en collaboration avec Christine Schilte, Fayard, 2002.

Vouloir un enfant, en collaboration avec René Frydman et Christine Schilte, Hachette Pratique, 2001.

Œdipe toi-même ! Consultations d'un pédopsychiatre, Éditions Anne Carrière, 2000.

Comprendre l'adolescent, en collaboration avec Christine Schilte, Hachette Pratique, « La grande aventure », 2000.

Huit textes classiques en psychiatrie de l'enfant, ESF éditeur, « La vie de l'enfant », 1999.

Composition par *JOUVE* – 45770 Saran

Achevé d'imprimer en février 2011 en Espagne par
BLACK PRINT CPI IBERICA, S.L.
08740 Sant Adreu de la Barca (Barcelone)
Dépôt légal 1re publication : mars 2011
Librairie Générale Française
31, rue de Fleurus – 75278 Paris Cedex 06